王维武诗集

风背上的尘埃

王维武 ◎ 著

中南大学出版社
www.csupress.com.cn

· 长沙 ·

图书在版编目(CIP)数据

风背上的星 / 王维武著. —长沙: 中南大学出版社,
2021.8

ISBN 978-7-5487-4499-3

Ⅰ. ①风… Ⅱ. ①王… Ⅲ. ①诗集－中国－当代
Ⅳ. ①I227

中国版本图书馆 CIP 数据核字(2021)第 120098 号

风背上的星
FENGBEI SHANG DE XING

王维武　著

□责任编辑	彭辉丽	
□责任印制	唐　曦	
□出版发行	中南大学出版社	
	社址: 长沙市麓山南路	邮编: 410083
	发行科电话: 0731-88876770	传真: 0731-88710482
□印　　装	湖南鑫成印刷有限公司	

□开　　本	880 mm×1230 mm 1/32　□印张 7　□字数 151 千字	
□版　　次	2021 年 8 月第 1 版　□2021 年 8 月第 1 次印刷	
□书　　号	ISBN 978-7-5487-4499-3	
□定　　价	58.00 元	

自　序

　　我自幼喜欢诗词，只因诗词是浓缩的灵魂。如果说，那种长篇细致写实或者通俗简约易懂的文章是水，那么诗词便是茶，或浓或淡，观之有趣，品之有味。诗句之味一遍又一遍沁入心田，那份清香纯净，早已深深地留在千百个梦里，注入血脉，融进灵魂。

　　从"关关雎鸠，在河之洲"至"一别如斯，落尽梨花月又西"，古往今来，无数骚人墨客留下灿若星河的诗词名篇，人们徜徉其中，常常流连忘返。古诗的格式是相对固定的，词却不然，代有创新，但是词也有一定的规则，例如上阕与下阕在字数、步韵等方面都有一定的要求。但是个人却认为不必太拘泥于词牌名。今人未必要按照古人确定的词牌去填词。古人可以创作各种各样的词牌，今人为什么不可以呢？因此，我在本集中词的创作上，做了很多大胆的尝试。我将这种"标新立异"当作一种诊余的放松。新的东西，必定会引来非议，我因此先贬自己一顿。严厉的批评者见我自贬厉害，也许会稍微降低一点标准吧。

　　有一年夏天，我去加纳利度假。加纳利是西班牙属的一个群岛，夜间，我住在高山，听到风声，看到繁星满天似乎触手可及，顿时感觉星星好像一个个调皮的使者，骑在风背上。浩瀚宇宙，有着无穷无尽的秘密，我们未必都能探知，但是我们可以乘着风，尽情畅游、享受，与其他的星星们一起，用光照亮宇宙。我一天写一首诗，不管写得好与不好，我思想的小星星便乘着这灵感之风，游于八极。因此，我将本集取名为《风背上的星》。希望将来还有机会出版更多的诗。

　　作为医学博士，我更多的精力放在了医学与治病救人上，但是在繁忙的诊务之余，我常常把诗词创作当作一种放松。每天花上几分钟至几个小时不等，进行文学创作，沉浸其中，乐在其中。我在瑞典旅居十年，对于名利已经看得很淡，也无意于邀请名家给我作序、题名。序是自己写的，书名也是自己题的，未必好，但都是我自己的作品。感谢我的两个学生罗荣司庆、甘宁帮助整理书稿。

先哲中，有不少弃医从文者，在我看来，医学与文学是互相补充的，医学可以救身，文学可以救心，两者结合，能真正让人从身心的苦海中解脱出来。鉴于此，我既不弃医，也决计要从文。今年，我加入作协以后，有医药界同行笑言我"跨出了危险的一步"，我很开心我有勇气跨出这危险的一步。《荆棘鸟》的作者考琳·麦卡洛曾经是医学教授，后来弃医从了文，她这样写："荆棘鸟……从离巢的那一刻起，它就在寻找着荆棘树，直到如愿以偿，才歇息下来。然后，它把自己的身体扎进最长、最尖的棘刺上，在那荒蛮的枝条之间放开了歌喉……最美好的东西只能用深痛巨创来换取……"我在长达数十年的医学与文学追求中，并非一帆风顺，也经历了很多的创痛，但我将之作为一种生命的馈赠，希望能够用我生命的体验，拯救更多的生命。

是为序。

王胜武

医学博士，教授

（2021 年 7 月 18 日于长沙）

目　录

现　代　诗

仿古体诗词

现代诗

1. 光　阴

今天
我真见到了光的阴
晶莹而透亮
从密匝的叶缝中
往下流淌
掬一捧饮
甘甜又清香
伴着欢声成长
光阴在碧空
变幻梦的故乡
光阴在花丛
展露多变唱腔
光阴在古老建筑中
用沉默诉说
厚重的沧桑
光阴在草丛跳跃
点燃童年梦想
……

世上最慢的快
切换无商量
以最快的慢
流浪
……

远处的湖在酝酿
依稀的感伤

袭鼻的绿色摇曳出
临别的怅惘
天上的云在凝望
相思泪成行
光阴漏下成爱
于我身旁侧躺
光阴在倾诉
变与不变的真相
······

光阴就这样悄悄逝去
却似乎又从来就在身旁
我枕着光阴
眺望远方
光阴拥着我
吻我满身迷茫
一只鸟儿飞起
衔走光阴半磅
我竖耳细听
只有涛声回响
千声珍重
当爱又将远航

2. 一句话

一句话是一首诗
诗里笼进轻纱薄雾
湖间秋月
和瑰丽乡愁
一句话是未出口即已融化的
心事
在舌尖跳舞
纵使千年纵使万里
爱的节奏不变
一句话
是南飞的孤雁
在雪域在大海
将一切壮志藏在羽翼
一句话
永远没有发表
却照亮前进的征途

3. 行 旅

我像一只螃蟹
夹住时光的丝
一点点咀嚼
每根丝的味道不一
连起点与终端
也迥然有异

笑藏在泪中
随风声淡去
浓缩了的咖啡
在脑中发酵
酝酿下一场黎明

挥臂
开始说走就走的行旅
如同说来就来的序曲
把风干了的岁月
挂在旧时窗棂

这一次我穿上冰鞋
横行无忌
把永恒刻画成
丝丝缕缕

4. 夜 奔

车流滚滚看世界起起伏伏
霓虹闪烁任繁华来去如风
心似漫漫长路延伸无尽头
单曲循环爱散发的温柔
写一支歌当早餐
咀嚼时光变幻与你共荣辱
既生死相依又何惧尘世多险阻
看潮起潮落历尽沧桑仍云淡风轻
相逢是缘千年一聚首
再见随君心飘天涯海角
倦时如归鸟优美滑翔着陆
醉把华年揉碎枕梦中
给我一千个理由让我不想你
把这夜的无奈寂寞
抛入滚滚红尘
浪奔 浪流
夜是天的帷幕无尽无休
我种下一粒红豆如同种下半垄新愁
花开时节粉红黛绿共赏隋堤笼溪柳

5. 不要问

不要问
星星为何骑上飘蓬
在长天划出
一道亮痕

不要问
夜雨为何敲窗
将寂寞掳取
假作深沉

不要问
本应遗忘的故事
何以在烽火中
燃起绮梦

轮回
是不可控的縠纹
在复制中剥落成空
一句解药流传两千年
却架不住心与心的
相逢

不要问
为何不要问
因为此时此夜
难为情

6. 水乡情思

一枝橹
划出太极阴阳
一杆笛
涌动半池菡香
一把伞
轻掩旧陌深巷
一壶酒
消磨时光半晌

那风儿吹呀吹
让吴侬软语飘扬
那月光照呀照
照见我远方家乡

黄昏的桥头
有围巾裹住的叮咛
东湖的湖畔
有落叶带走的忧伤

一顶乌毡帽
掩不住无尽风流
在霉干菜和醉蟹里
将古老传承品尝

我用淡淡的墨书写
浓浓的旧园风光

7. 咖 啡

一杯卡布奇诺
将心灵散漫为十二小时
十二瓣
十二道星光
咖啡因钻入骨髓
将最后一道思绪榨干
从此是再也不喝咖啡了吗
还是坚持到
思想如潮将我包围
咖啡与文艺复兴的疯子们
同时飞舞在文献上
是他们思想的助推剂吗
十二小时不停歇的思考
直到清醒地睡去
我终于知道
咖啡是拯救者
与毁灭者

我爱咖啡
如同我愿把苦融入人生
我恨咖啡
如同我叹人生不能及时行乐
我的血脉里渐渐流淌
浓而香
并可以稀释一切
醉倒一切
的液体

8. 丝娜东

丝娜东是一位美人
是烧铸了的历史
静默无语却告诉你
关于硝烟战火
关于坚船长枪
关于痛与背叛
关于抗争与投降
关于流落与迷失
幸存者
往往成为珍宝
那么打碎的呢?
历史的珠泪洒在何处?

在风花雪月
谁在孤灯下唱响幽怨
把灵魂归集于一瓶
孤独而漫长
青光明灭
丝娜东
你钻入我思想的壁炉
回炼
如历史重演

为什么美好的事物
总加持痛苦的记忆

因为历史是一位折翼的天使
在一个五条脊的顶下
你装满秘密
当倾倒出来时
却已发酵浓缩
甚或变味

江山是画卷
你便是印章
丝娜东
你婷婷袅袅
摇摆千年的记忆
我拥你入怀
沉入遥夜

注：丝娜东，celadon 的音译，即青瓷。

9. 那一场雨后

那一场雨
如目光洗脱流云
如离愁打在耳膜
滴滴朦胧
声声急
分不清午后还是黄昏
只觉得路有三万公里
而牵挂更长
断桥边飘着
曾经放飞的纸鸢
蔷薇颤动
释放一半的祝福
流水向西
手的温度随雨水涨落
那一场雨后
从此不需要伞

10. 斑驳的别

将忧伤隐藏在颊间
鼓起的须似剑
刺透沉默
空气因而湿黏
残碎了心扉半边

日与月偶然相遇
距离却那么遥远
天幕只是一张台布
烘托越来越虚弱的表演
雨水从天之眼裂下
已不再香甜
从此山高水远难再相见
难再相见

花开花谢更迭生命的轮回
潮起潮落洗尽褪色的诺言
青春只剩斑驳的白发
和干瘪的琐屑
在风中依依话别
依依话别

旧梦已尽
摘取栀子花煮新词半阕
我背起行囊在飞絮如梦的夜

身影越拉越长如千声祝语绵绵
祝语绵绵

蓄在心堤的一切
皆随风瓦解
杨柳岸孤舟一叶
随笛声幽咽
笛声幽咽

11. 让我溶解进你的影

你的影如前世的菩提树

在光下漏出尘埃

在叶上漂移

让我溶解进去

把闪电和惊雷

在六月的热土上

铺开

让我溶解进去

将影的心脏

安放

让我溶解进去

将孤寂摇得哗哗作响

一个不可预知的

下一世

我希望菩提还在

叶的歌我还能听得懂

雨还在下

就像这一世的繁华

跌宕的精彩的痛苦的落寞的

无数劫

每一劫有一片叶飞走

我溶解进去

无论飘到海角天涯
让我们同命运
做一场劫活

　　注：“劫活”为围棋术语，被包围的若
干子，必须依靠打劫取胜才能成活，称为
“劫活”。

12. 星光日月

拿什么来拯救你，我的星光日月？
你们在我微醺时从来不吝运转
把醉与醒调和得恰到好处
风尘仆仆中赶往下一个界面
虽然知道重复的永远只是
开始与结束

拿什么来拯救你，我的星光日月？
在夜起的黎明中把尘垢排尽
万般耐心于不得不重复的重复
虽然每一次都是对宿命的恭敬
不得问不能问非常想问
为什么

拿什么来拯救你，我的星光日月？
微明的世界在睁眼睡觉
梦中却并无山川形胜
薰衣草的香味在夜的空寂中滴答
伴随小怪兽在原野奔驰
带动的空气薄而咸

拿什么来拯救你，我的星光日月？
曾经有一粒透明的泪珠
寻找海与可以搭乘的小舟
波浪滔天中透明与透明打架

丢失的是晶莹剔透
在海湾渐渐风平浪静
然而翌日又要远航

拿什么来拯救你，我的星光日月？
一句话的诺言在热闹地闪光
照亮航程
却带来腰痛与颠倒晨昏
我只争朝夕地将爱
注册在天幕
愿从此将不羁的心
皈依

13. 探路者

探路者往往无路可走
他站在荒原
手里捏着一张图纸
和一把榔头
当榔头敲下第一声时
他听到了自己足趾的开裂声
是的
那又有什么呢
足趾已经和大地连为一体
血液已经和大地的泪水交融
榔头是平凡者的重负
是探路者的路
的起始符

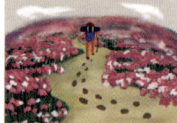

14. 爱 神

爱神挂在胸口
在赤如火的夜
燃烧
将希望从头烧一遍
叮当作响
逃
于异域

爱神盛于莲舟
在碧溪荡漾
风雨穿透
镌刻于素壁
听
永恒的新意

爱神
第一只杜鹃
啼响
映山红的春天
染红
香气盈耳

爱神
沉入梦
赋

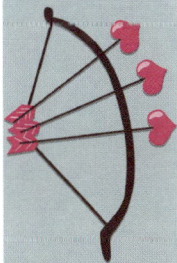

相忘
那一刻
心与世界
永寂

15. 犁

愿意做一只犁
以罗曼蒂克为锋
将生命的冻土剖开
露出你我均无法解知的秘密

想象与欢乐
是犁的扶手
而坚韧
是拉动犁的老黄牛

犁起犁落间
春雷滚滚
雨点伴着芳香
落在耕耘的那一方土

黄昏
当暮云四合时
我带着烟霞
走上归程

一段笛声
伴随犁开的岁月
起于温婉
止于悠扬

16. 心　泉

我坐在高楼
看流泉从心底跃过
难覆难收
除了本真的心性
我不知还有何事可求

长天碧桃缥缈
青莲透出粉色芳香
玉兔与多情的人儿相互守着
期待清秋

得失是非我全当从未认识
成住坏空亦总难留
谁能与我悠闲来往
相对而坐
看千岩万壑在时光表面
划出的柔软双眸

17. 梅　香

我毫不奇怪你的淡雅
在黑暗中刺穿我的心扉
伴这珠雨儿
声声急
你不肯锥破时间的囊
让冬提前漏出
而宁愿在孤独的月影下
栖息
风起时
野外便飞过你丰盈的孤寂
你横斜的姿态
已羞煞王摩诘
想给你写一首诗
动笔时
发现自己和诗都已憔悴
当风月变穷时
我在你怀里饮尽
最后一杯夜雨

18. 爱

爱如春天的第一粒水珠
挂在屋檐
时刻担心它掉下
将心砸碎
又担心它不掉下
将心等碎

爱的时间是化石形成的时间
浪漫而透明
坚韧又脆弱
在变幻莫测中寻找方向
在依偎中渐渐长大

爱如潮水起起落落
呼啸时卷起的风暴让人窒息
轻柔时又觉世上再无更平的海面
在月明如镜的夜
爱穿透一切
直至生命

如果有一样东西可以让你无怨无悔
那一定是爱
如果有一样东西让你永远后悔
那也一定是爱
爱是世上不变的曲目

每个人皆有自己的演奏方式

不要将爱让人读懂
因为既缺乏回味
又将爱置于险境
当爱着时 静悄悄地躲在一角
看你的所爱享受每一时光

到世界只剩下两个人时
便像当初只有两个人
爱无须沟通
只因默契已经融入骨髓
永远不要试图懂爱
爱的解码器只有一个
就是爱着

19. 希 望

我们能不能在光隐藏的时候
点亮未来
就像未来从没有走远？
足印在稀疏的二月份
迷失
留下无限想象
回声一波接一波
荡漾天际
无限的意志
挂在疲惫而坚强的眼帘
我们为未来撑一把伞
遮风挡雨
让每一寸热土
都金光闪闪
希望之花
永恒灿放

20. 在一个安静的早晨

在一个安静的早晨

我听到鸡鸣声

与内心的夜曲共鸣

岁月如流水

洗涤净浮躁与铅华

在拓荒中听到硕果的欢笑

在孤寂中品味生活的厚醇

昨日我在半醉中猜谜

在猜谜中半醉

一对一的标签

在凝神中恍惚

你我一饮而尽的

是随时间变化的苦与甜

初时淡

入味浓的剑南春

可接续了秋风吟

初时浓

味渐散的泸州老窖

可蕴藏了那一冬的秘密?

还有不浓不淡

香醇如故的伊利特曲

却有太多让人猜不透的无奈

端起杯品味花雕

却恍然忆起满城春色

宫墙柳

壁虎爬上墙头
观看在时空错位中
半醉的打坐
这一个梅雨的季节
花儿开了
花儿又落
迷失于芳径
等待下一个轮回

21. 冰 舞

将年轮划开
芯是晶莹白雪
深深浅浅
交错缠绵
两道线
时而平行
时而分别
聚拢时
世界便留驻在那一瞬间
跃起时
世界旋转
因你自旋
弯腰想拾起地老天荒
却不小心贴在冰面
看飞鱼来来去去
人世间有多少起伏如烟
何不张开双翅
去摘一轮明月

22. 星期八

我倚在星期八
的怀里
吸吮
未来的气息
咸鲜如海风
咬一口便有一角塌去
我轻抚星期八的背脊
如同审视青春的叛离
静静规划
怎样抹掉眼角的水滴
钟声在古楼响起
被星期八释成
天边的烟雨
和
近处的小桥流水
还有一挂
永远也画不完的烟墨
我将星期八的弦弹起
如同对心爱的人私语
不再日复一日
把现实往理想里挤
星期八只属于自己
和在云端翱翔的鱼
没有记忆
浪漫却如风卷起

屏声静息也听不到的声音
回荡在照壁
星期八
唱我心爱的歌曲
悠扬不息
星期八的花儿开了
香沁心底

23. 最好的安排

曾经有一个小孩
将明天画在沙滩
闪闪动人
照亮整个港湾
潮起潮落几万年
岛礁仍然恋着大海
海浪飞月儿走
一切都是最好的安排

既然诸事前缘已定
何必做无谓的挣扎?
命运是一位伟大的画师
用笔尖将一切调成魔幻
色彩如流云
让人沉醉而不能自拔
好的或不好的
或行或止都是自然
从来不想成为冠军
宙斯却无处不在

终日自悔者
何以赢得将来?
将每一道挫折
当成入室的门槛
看——
漫天星斗如雨
流光无比灿烂

24. 绿 洲

直觉是最好的罗盘
牵引每一分努力
走向绿洲
风沙漫天
却掩盖不住
不屈延伸的足印
一声铃响
点燃绿的气息
迷幻如海市蜃楼
纵使见不到水
也愿意在找水的过程中
干枯
纵使找不到树与草
心中仍然充满
爱与希望
世事本无绝对
凡努力过的
必不后悔

25. 地铁演奏者

地铁的站台上
有小提琴的旋律
美妙如流泉
似空山鸟语
像星月飞扬
我如痴如醉地听着
看那外貌臃肿
甚至可用丑陋来形容的
老男人
他的手指粗粝
却灵巧如蛇
游走在琴弦上
每一个音节都击穿灵魂
如当年街头阿炳的
琴声悠悠
将黄昏后的灵魂
拉长
拉入无边的深远

不知名的曲调
却不亚于金色大厅
的华丽音乐
我无法形容
只能用一首粗糙的诗来
表达我的感激

我听你拉了五年了
你从来不主动索酬
人们也习以为常
因此你跟前的琴盒里
似乎连零星角币也不曾有
而你演奏得仍然如此认真
双目微闭完全沉入
我不敢靠得太近
怕惊扰了你忘我的演出
于是远远地
听夹杂在火车轰鸣声中的
清音磬乐
并不影响听感
反而觉得是如此贴近生活

好的音乐
本不应高高在上
而是能够时刻飞入
寻常巷陌
为不懂音乐者
也照样带来感动
我愿在梦中
端起我心爱的竹笛
为你和一首
让乐声悠悠
散在这个黄昏后

26. 天空的皮肤

天空的皮肤
被一枚硬币穿破
魔法师用手轻按
硬币从正面逃到反面
掉进乌有之乡
那里荒无人烟
偶尔有变异的小鼠
在写标语
掩盖因久旱而裂的墙体

硬币准确地砸中旱裂的墙体一角
有痛苦的呜咽声传来
魔法师继续用手指轻按
辅以咒语
墙开始裂得越来越大
墙根有荆棘伸出来
开始摇晃

这时
天空的皮肤开始越来越黑
边缘却亮出一丝白在黑暗中闪动
然后轰隆一声巨响
大雨滂沱砸向旱裂的墙
魔法师不打伞
他手指的方向

正是破壁的地方

突然
有无数的人齐声唱起歌来
在歌声中天边的亮白开始渐渐宣散开
照亮墙壁上越来越大的裂隙
我猜想会有一只鹦鹉飞出来
结果并没有
犬吠声、夜鹰声却交相呼应
我惊异于魔法师的全能
竟然还会口技
这是我今年看过的
一场最精彩的演出
——在梦与醒之间

27. 魔　戒

从前在一个海边的大森林里
住着一只狐狸
它总是摇着骄傲的尾巴
它丰衣足食
从来不用为生计发愁
愁的只是自己的青春期何时终结

海滩人迹罕至
它自由自在地享受着阳光海浪和风
这天当他在海滩上玩耍时
它看见了一枚闪闪发光的东西
它用爪子捡起来
原来竟是一枚光彩夺目的戒指
它自言自语起来：
"我确信我看见过这个东西
——当一对情侣在海滩上迈步时
就有一枚戒指套在那个女人的无名指上
然后我看见那个男的
非常激动地吻了那个女的
——啊，这简直确凿无疑地证实了
这枚戒指有爱的魔力"
狐狸突然在兴奋中伤感起来
又在伤感中兴奋起来
它想起自己的女朋友弗娜拉
为什么对自己时而冷淡
时而热情

如果将这枚魔戒戴在它的无名指上
它会不会也像那个女人那般
接受它的浪漫？
它用一片浮叶小心翼翼地将戒指包好

浪漫的时光来了！
它与弗娜拉共进晚餐
这时它捧出那枚戒指
轻柔地对弗娜拉说
"噢
没有什么比这个更能代表我对你的心
当你戴上时我的心便融化进你的血液
强大的狐狸家族基因
为我们祷告永不分离"
不出所料弗娜拉果然泪光闪闪：
"奥利弗
你对我是真爱
看见这钻石的光闪闪
我相信你的内心充满圣光"
于是奥利弗和弗娜拉就在一起了
弗娜拉并没有佩戴戒指
显然人类的尺寸并不适合她
狡猾的狐狸将它藏在马蜂窝的底部
魔戒的传说却传遍动物界

深藏并不能阻止戒指的光芒外射
这天一只海鸥在森林上空掠过时
意外发现阳光下发出五彩光的戒指

海鸥毫不费力地啄起这枚戒指
飞向海边
它很激动
魔戒的传说早已听说
没想到她竟然得到
它要让移情别恋的西加林回心转意
它老远就瞧见它的西加林了
不由激动地大喊:
"西……"
遗憾的是它再也不好意思叫下去
海浪打湿了它的眼睛

一对偎在海边的男女正在说着情话
女的突然被天降的戒指击中
她激动得大叫:
"多令蜜
这是不是天意?
丢了一个星期的戒指竟然自己飞
回来!"
男的却平静地说:
"哈妮
请看你的右足边
那是什么?"
啊,这是多么浪漫的景象!
一只小海龟背上竟背着
一只一模一样的戒指
向故事的女主角缓缓爬去

28. 燃烧的声音

有一个声音在燃烧
将沉默点燃
在夜空灿放出礼花
缤纷
将天空染成七色
声音被爱切成段
每一段包含着来世今生
缘起缘灭
声音渐渐焦了
变为灰烬
余温在预备明天的早餐
这世上
没有两个同样的声音
但声音可以融合
变幻出奇妙莫测的和声
我们永远是声音的门童
心甘情愿地站下去
守候或拒绝
一拨又一拨的来访者

29. 玄　歌

密涅瓦的猫头鹰
在起飞时就已经将雅典
变得典雅
然而这仅仅是开始
它尖锐的目光
与黎明对接
玄厉的叫声
让鼠类躲得无踪
灰暗的羽毛
尾随在事实背后
扇走洞穴的阴影
让自缚或他缚者
在自由中歌唱
它衔起一首歌
唱给所有人听
包括爱它的和讨厌它的
包括第欧根尼和亚历山大

连月亮也裹起头巾
偷偷地陶醉
它在玄夜
躲在亚里士多德的树上
把歌声融入
一望无际的探寻
于是

探寻的弓渐渐张起
我看见有一支希望的赤箭
向天顶射去
火烧的流云
在七月的夜空分外明亮

30. 老照片

晨风批着曦光
掀开老照片
记忆如泉涌现
时光被压缩在像素中
每一点都是浓浓的爱和思念
斑驳的老墙和上面的涂鸦
早已消失不见
只记得黄昏时雨打芭蕉
我们伫立在窗前
看丝丝细密成帘
燕子飞来飞去
把爱筑在房檐
你的笑就像夏天的冰糕
浓缩了世上最醇的甜
我们朗诵诗经和巴黎圣母院
与知了拼声嘶力竭
我们划着小船
笑声荡漾到湖的边缘

我们翱翔在水底
将每一缕思绪放闲
我们翻出发黄的胶卷
那一刻你说
基因并没有改变
我们商量几十年以后比谁更聪明

我欣然应允
虽然那时我很有可能已经是痴呆老年
但是不怕
我们将青春背上双肩
不管如何永远向前

　　注：2019 年 7 月 3 日，偶然翻到小外
甥的一张老照片，超萌超像我小时候。已
经上武大的他要与他的博士舅舅比智慧，
我不服老，欣然接受。

31. 雨中木琴

雨中木琴
在树与灰间弹响
树上有松鼠和啄木鸟
在谈恋爱
情话无人能懂
声音却响彻整个森林
灰中有黄金
在滚烫的焰芯
熔化又凝固
凝固又熔化
雨潇潇下
将树绿得发亮
呼吸间能让人醉倒
新芽棵棵冒出
雨将灰焰渐渐浇灭
凝固了不再熔化
灰在树下萦绕
仰望母体

无声的对话
这时有妙音响起
深沉
清越
缠绵
婉转

将过去现在未来的
繁华和衰落讲尽
每一道音符
就是一篇哲理诗
听
雨落人疏听幽琴
簌簌繁花逐水行
晨昏客梦多颠倒
半盏新茶涴旧衿

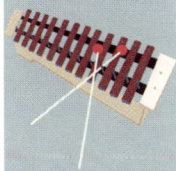

32. 意识的茧

我们用灵魂出窍
焊接来生
瑰怪的光滑的撕裂的
各种经历
从几秒至几小时
杂乱无章如章鱼的爪
攫住对生的留恋
记忆划痕张开翅膀
俯视苍白的躯体
我们拟将一切扣人心弦解开
却发现不过在意识边缘游离
漆园小吏的梦
我们也曾做
贝克莱的悬崖
我们也曾面对

意识在自身的茧中挣扎
何时可以破茧而出
自由翱翔于五维空间？
当我们意识到我们有意识时
意识坍缩成阿基米德原点
无意识的意识
也许正是薛定谔的猫
我们期待永生
可是当年伊甸园吃果的顺序有误
我们所谓的茧
是那永恒禁闭的门吗？

33. 秋　叶

后街斜影
将记忆拉得老长
在夕阳的熏煮下
微微颤动
摆脱你的身体和灵魂
于两壁间碰撞
还是那片片黑瓦
乌云却突然翻滚
一场暴雨突如其来
冲走郁积多年的
关于生死爱恨的困惑
秋天　树叶仍然娇艳
每一片鲜活欲滴
我不知如何感恩
嵌合在最后一分一秒的
我的侥幸
隆盛地
注满爱与机缘

34. 海边最后一枝菖蒲

洋面在闪着金光
海边最后一枝菖蒲
喝饱水 挺立在斜阳中
随风起舞
她的身躯是最柔软的刀
将岁月切成
一段段琐碎的温馨
她不向往远航
因为她认为
坚守便是最好的方式
于是帆船给她带来音乐 美酒
比基尼和长腿
古铜的脸和萨克斯
吉卜赛的拨浪鼓
中东的 Oud 琴
和浪漫的迷茫的坚毅的期待的
各式目光织成的网
她静静地观察这瞬息万变
在她不变的港湾
她将最美好的片段
刻在叶纹上
让水螅谱成波纹
传送到万里之遥
那里有她从未谋面
甚至称不上朋友的人

她喜欢这种感觉
她轻轻地被一波又一波浪花推开
却觉得这是最和蔼的游戏
天上的白云突然变乌了
然后噼啪的雨点下来
她于是洗了个通透的澡
雨过天晴
有一只小胖手轻轻地抚摸上来
"妈妈，好好看的叶子!"
"嗯，菖蒲是三月的记忆
九月的香帕
是上帝遗落的书页
人间最水灵的天使"
菖蒲又迎风舞动起来
开心而感动

35. 风车上的堂吉诃德

堂吉诃德挂在风车的长臂上
他叫"放我下来"
骑士的光荣还没有恢复
那个年代并不久远

然而"巨人"没有容情
堂吉诃德后来死了
桑丘便成为堂吉诃德
并让杜尔西内娅成为桑丘
风车浴着火
在起伏不平的山脉
轮转了一代又一代
他们的身影在风车上明灭
那个年代并不久远

只是简单的重复与
主角轮替
风车将几个世纪的气息
卷进去
与堂吉诃德的灵魂一起
变成守恒的能量
那个年代并不久远

36. 藏在石心的词

拙重与沉默
任海风吹海浪涌
几千年岿然不动
棱角虽已磨平
心却不变如初
有一颗词
藏在石的心
外人读不透
石头决不说
石头只想这样与岁月共舞
到最后消融时

海龟慢慢在石头边爬过
将最厚重的友情刻在沙滩
一天刻一次
直到海龟有一天突然不见
远方船的号角传来
在石头身上击起回音
让它的心震颤不已

藏在心中的词早已熟透
这首词只有一个字
这个字
石头最终没有说

凡是委屈
必与平庸相连
石头有时笑得灿烂
虽然它绝不属于善于掩饰的类型
它看遍了商旅往来
听腻了海誓山盟
历尽了日晒雨淋
它知道所有的秘密
而它决计全部藏在心间
等哪一天它分崩离析时
它相信自然的智慧
绝不会让能量损失一角

他的词因而只有一个字
是世上最长而又最短的字
是世上最难说出口
而一说出口似乎立马贬值的字
是抽去它所有精髓而凝成的字
是自诞生以来就没有面世的字
石头就这样沉默着
为一组数字后悔
涛声仍然如它的思想
无时不在拍击着理智的堤岸
它就这样
矗立着
到时间变为负值时

37. 自 由

自由是一粒面包屑
人们吃了面包后
不免将面包屑子随意拂拭在地
饥饿者捡起
饱餍者不屑一顾
呃……
他们打着饱嗝说
可怜的人
这只是我们吃剩下的一两粒
然而
你要征得我们的同意才能得到
饥饿者敬畏地问
那我请求您的同意
以便我可以得到这一小片
No…
饱餍者半边白眼翻起说
我是不会给你的
你吃饱了
恢复了体力
便会来抢我的面包
我将会怎样呢?
原来如此
饥饿者恍然大悟

然后发现眼前一花
面包屑已经被一只鸟啄走了
那鸟悠闲地在半空滑翔
并落到远处的一块草坪上
"啾啾……"
优雅地踱起方步来

38. 轮　渡

当轮渡穿过远方时
我知道 是时候与先知告别
晶莹剔透的光与舞的结合
已经将未来变成迷幻
变成几个世纪前囤积的
预言的杯中酒
让我们 cheers
我们知道轮渡去的方向
我们用坚定的意志 导航
穿过黑暗时
有兴奋的夜的欢歌
最艰难的时刻
已经在极光下弥散
我们在码头鸣响
壮行的诗篇
大海的波澜壮阔
正等着我们
改写
第六时空

39. 心情浅语

今夜
让我弓身
头顶发黄褪色的灯
写浅色而无眠的诗
我将风与潮汛写进去
打湿整本书

我记得有这么一个夜
在秦岭上摘星
星星调皮地躲闪
云卷起又落下
那时我还不会占星术

我常常将思绪折叠
仔细地藏在书箧中
尽管飘着青草的香
四季的花儿都在开
摇动的渔火在船上荡漾
笑我的头发被霜染白

我知道我不能替代变迁
尽管时地人都已模糊
当你来一声问候时
我觉得我的等待没有白费
曦光在地平线跳跃

将空气搅拌得越来越甜

当你将选择交托给我时
我面临巨大的压力
我的压力不在责任
而在于我经常将现在进行时
与将来时混为一体

骑士的荣光
在于战胜自己
当他在船上时
他听到水底马的嘶鸣
而他突然发现手中的剑如此重

我将浑身的汗抖落干净
以准备明天继续出汗
我唯有将汗献给远方
换取些微的永恒

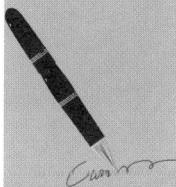

40. 陪我走一会

我不奢望你陪我爬上极寒之地
只希望你在暮云四合之前
陪我走一会儿
看山顶青松投下的
绿色诗篇

我不希望你笑着哭着说累
只希望在晚风轻轻吹起时
陪我走一会儿
虽然健忘
却牢牢抓住我的手

我不希望 distant distancing
只因为一个来回的形影相分太累
陪我走一会儿
趁太阳西斜时
把足印刻在大地

我只想看到在雄鸡打鸣时
有推门的咿呀
与山泉一起打湿秀发
陪我走一会儿
去看青蛙与露珠比赛跳跃

其实只是选择一种生活态度
便选择了整个生活

没有一个序曲
在你张嘴时已定
陪我走一会儿

我爬上月亮弯弯的尾
看着天上最后一颗启明星
告诉我关于春的遗憾
夏的火热不再
陪我走一会儿

风来了
卷起尘沙
将大象的厚重埋葬
陪我走一会儿
看永远看不到的那一侧

一会儿
我相信锚定的小船
将在海湾经受惊涛骇浪
拍碎一地相思
陪我走一会儿

一只手在另一只手中抽芽
香味浓烈
溢满眼眶和心房
知道一切会老
陪我走一会儿

41. 冬 影

冬的影子渐渐西斜

变淡

随野蜡梅的香味飘远

最后被记忆的梗吸住

与往年的冬影堆叠在一起

交幻如梦

每十二年一个轮回

爱是梗上的老皮

斑驳而寂寞

风带着尘埃逶迤而来

松树与竹谱着平水韵

唱一首轻歌

漫天的云将光挤压成入定的目光

那渐渐老去的

是我的惆怅

城市是一面架子鼓

我敲得手忙脚乱

什么时候

我可以再坐在柴房门口

吟咏漫天的花儿与星光?

42. 白　夜

我们聊天
从白天聊到白夜
酒精点燃梦
白的夜
初一
月光隐藏在天上的海滩
芳香地伸展
谁让最纯的喜悦
泊在这里
谁让最轻柔的风
驻留在耳畔
谁让客人的音乐
在泪光中闪烁
谁迷失于缺失
任时光在星尘中模糊
白的夜
我们将灵魂交给上苍
不管命运如何摇摆
我们不应欠自己一个 nod

43. 三色堇

三色堇的黎明
透亮而斑斓
有音乐在上面流淌
微颤
怀念春天
轻轻握手的瞬间
蝴蝶萦绕
穿越而难分彼此
月光晒过的痕迹
在紫与黄间凑成忧虑的人面
只因那月光是唯一的见证
三色堇种植在梦乡
永不凋谢

44. 花落的声音

房屋面对河
雨在两个人的后面
沸腾
夜的喘息看不清
思绪
却漏到明天的天明
有一只夜鹰
坐在车轱辘上
守望着遥远的星光
花落的声音
在万里之外摇成
一湾深情的凝望

45. 渡

将美好给落日余晖下的人类
将真实给层云叠顶处的上苍
我们摆渡
我们轻轻地摆渡
我们将渡头的忧伤轻轻捋直
我们将迷失的灵魂轻轻扶正
我们在渡口吹起口哨
哨声有笛的清脆箫的苍茫
哨声将众生归成不同的队列
一个队列的人朝另一个队列的人
投去乌云
另一个队列的人只是齐步走向
遥远的未来之舟
渡
我们摆渡
我们用高尚的火苗
点燃胸腔
我们用征步消融寂寞
所有受难
全因未知
我们在渡头摇起双桨
将所有爱恨荡平
让受难者
披波击浪而去

46. 第一缕曙光

夜
黄色的光从墙缝漏出
连同焦虑
滴滴变成冷的凝露
打在静谧可以听见心跳的
路上
我知道这世上
永远不会有最后一滴雨
当蛰虫也停止鸣叫时
夜将自己扯成碎片
每一片包裹一颗星星
渐渐地
夜融化在漫天星斗中
越来越淡
当梦想骑上坚持的滚筒时
看
我们正迎来第一缕曙光

47. 在地平线尽头

在地平线尽头
有山与海组装成的三维立体
挂画
我的目光
穿透
并与挂画后的灵魂
对话
反折成
足下的路
越崎岖
越心醉
因为
山越高
路越陡
海越阔
路越长

48. 三月杂感

三月

奔跑着

汗水如油

喘息着

在夜的隔离门出入

记录着梅花与樱花的交接班

三月的风借一点草的绿

匀给柳枝

三月

我听见远处有浪

汹涌自天外而来

将呼吸渐渐调匀

散碎满地相思

幽然一梦中

我微闭的心扉

被杜鹃啼醒

在三月

曾经有一个地方

画桥流水

林梢飞絮

你

还记得吗

江南

旧客亭

雨横风狂

今年
樱花依旧
灿烂
在一个
升仙的地方

49. 四 月

四月是一年希望勃生的时候
记得旧时乡下这个时节
将青翠欲滴的红薯藤分枝
栽种
伴春雷和雨
和一年的希望
我喜欢乡土的气息
每一缕都是辛劳和足踏实地
而且教会我一个道理
只有耕种才有收成

有一年大概也是这个时间
我走进卡罗琳斯卡的校园
突然发现一夜之间
所有的树都披上了绿装
而此前我每天看到的都是
光秃秃的枝丫
春的气息就是如此不经意间
到来

这一年
我们是多么的感恩
自从出外求学工作以来
从来没有这么长时间全家人在一起
我们虽然仍然没有多少时间说话
但我们恍惚又回到了

穿梭而去的时光
我们悲我们喜
我们欢歌我们笑饮
我们围坐在老母亲身旁
听她讲讲了几十年的老故事
惊叹于她的记忆力
而我却相反
他们记得的我早遗忘
他们遗忘的我却记得

这时候
瑞典旧居前的野樱桃树
应该蓬蓬勃勃地开花了吧?
它不知名
但在野樱桃随处可见的乡野
仍然引人瞩目
因为很少能见到如此粗壮枝干的
野樱桃树
樱花漫天
偶尔在风的温柔拥吻下
送来阵阵花雨

那一年
下着雨
伞下融进一个世界
攀爬
朝圣
野树

桥
潭与绿得让人心醉的水
古楼
夜的喘息与送别

那一年
齐腰深的野草
操场
太极
雨
参天大树
流浪猫与流浪的心
飘飞
亦真亦幻

这一个春天
血浆里融进了新元素
爱与责任
遥不可及的
思念
Online
Offline
在呼吸之间
春蚕变老了
眼神凝结在苍松翠柏
似水年华
将一代人的记忆
变成另一代人的希望

我们庆幸活着
而还有多少人希望活着
生命如春天枝头的一朵花
从芽苞开始
长啊长
盛开
凋零
飘向不确知的地方
并不是每朵花都有希望
坚守到最后
春天是相对公平却又极不公平的
于是
活着成为最高的价值观
只有花儿活着
春天才有希望

我粗糙地雕琢
四月
只因总共才拥有几十个四月
而每个四月又是如此不同
我愿给四月戴上最漂亮的围脖
穿上最漂亮的靴子
一起在四月的河川
看碧波万里
钓起一年的希望

50. 一管月光

池塘里溶解的颤动
在月光下感伤
想起去年同样的时候
折一枝芦苇
吹不动一管乡愁
静夜
我在波罗的海掷下一只漂流瓶
如今不知漂到何方?
希望小妖怪不小心打开
把妖气装进去
把我的梦想释放
一个誓言
在水中荡漾
月光越来越明亮
照见我灵魂极深处
连我也不认识的模样

51. 小　年

我第一次过连续两个小年
北方的和南方的
在北方的高峻和南方的温煦间
年的气味已经开始扑面而来
我在年前
将烈酒与美好的回忆
一起饮尽
我甚至不揣粗陋
做了两尾红烧鱼
锅底的温度
游弋永恒

我知道每一年都有新的向往
祈福在合起双手时已经多余
每一个诚心而有恒的人
已经驾起轻舟
在爱的导航下
驶向无边幸福
唯一值得顾虑的是
爱还在不在手上
有爱的世界
便有一切

52. 牧 野

在没有青草放牧的原野
牛与羊群伏在山脊
将沉吟声装进
镀锡的黄昏
他们吟咏生命
以柔性打底
衰老并不能阻挡
他们看向阳光的视线
逶迤而去的青春
随冷风摆动
他们回顾
思考
似乎每一步都在草上
但每一步都没有草
远处的绿让呼吸都醉了
他们沉浸在夕阳的余晖下
与冬天互相装扮

53. 心

我们每天在寻摸心的开关
当将心打开时
你开心
当将心关闭时
你被关心
开心对己
关心对人
当你关心别人时
开心的是你自己
当一个人既不关心别人
也不开心自己时
我确信他的心
必定年久失修
这时就体现了我职业的重要性
我用思想的火花来烤炙他
并让他吃世上最苦的药
又用尖尖的针刺他
直到他意识到
他并没有生活在真空
他又开心起来
并关心地问我：
什么时候可以停止你的关心？
我真关心并也假装开心地回答：
直到你每天都认为你并不是你
别人也并不是别人为止

54. 春 雷

我听到窗外春雷声了
多年来在梦中听到的雷声
隆隆地
时隐时现
在故乡的夜的天空起伏
雷声背后我听到了潺潺流水声
我看到了苍翠欲滴的绿
我闻到了让人心醉的香
也许这其实只是寒冬
岁月剥离的假象
但是却给人看到了希望

雷声渐大
大得像爆竹
然而连绵不绝
白天下了小雨
夜
静谧却并无雨滴

雷是新年的特使吗?
将阴霾驱散
将浊气震塌
给人带来希望
我已经看到了明天窗外的第一枝绿芽
灿烂地展开

55. 自白式对话

我恨自己无分身术
一半上战场
一半做后勤
在这一场无硝烟的战争中
我从早忙碌到晚
仍然觉得时间远远不够
这是一个多么特殊的春节
人与人之间的距离是那么的遥远
遥远到门对门见不上面
万籁无声
人与人之间的距离又是那么的近
两颗陌生的心也可以无缝连接
温暖无比
作为一位医务工作者
从参加工作不久的非典到现今的新冠
从前线到后勤
我多么希望能将一切疾病消弭于无形
可是
道高一尺
魔高一丈
在科技高度发达的今天
人类仍然为各种新老疾病所困扰
上帝在给了人类犯错的机会时
也给了人类绞尽脑汁而难解的机会
这样人类才会知道自身的不足与渺小

才能有敬畏之心
我愿将这当成上天对人类的一场考验
今天有一例新冠患者在我的治疗下
终于痊愈
非常开心
我将这一讯息传给上苍
表明人类有信心与诚意去解答难题
表明古老的也是现代的
熠熠生辉
阿门

56. 守 夜

在暗夜中守候黎明
更鼓还没有敲响时
已有人睡去
雨水挂在眼帘
为不能挽回的
精魂
光
在摇晃
在挣扎
在试图刺破玄夜
在无边的闷
在肆虐的忧郁
在风暴的中心
不死鸟
扇动自由的翅
正飞出

57. 每 天

每一个新的一天
总有生命的延伸与凋落
总有片时的欢愉与寂寞
总有镇守的雄心伴风沙飞扬于大漠
总有虚弱的无助与动感的感动
形成光束
在似水流年中永驻
我们用汗与泪和着坚强意志
将钢铁长城筑
我们在没有硝烟的战场
竭尽全力将病魔驱除
二月的映山红在绝壁盛开
那是献给战友的军功之歌
我们勇于承担过错
只为生命不再困惑
我们期待逐渐解冻的冰河
重新浪遏飞舟
我们盼望阳春消融秽浊
世界重回有序平和
我们在每一天的我们中战斗
五千年血脉亲情颠扑不破
我们是优秀的华夏儿女
为了什么？
为了祖国
为了什么？
为了幸福生活

58. 绿的沉睡

绿的沉睡
温婉在池塘一角
不指望风吹起的涟漪
将之唤醒
它吸收最底层的养分
与来自古老年代的水
它偷偷地抽芽
却没有人能看见
除了将池塘变成一面碧绿的镜
透着香
透着浓密的对生命万物的敬畏
鱼儿在它的心田耕耘
将爱的齿轮轻轻咬合
它报以微笑
但绝不说出口
知了开始活跃起来了
世界变得躁动
它不随波逐流
仍然坚守着池塘一角
雨来了
将它搅成繁忙的碎片
它仍在喧嚣底下保持平静
它将沉睡活成一种模式
因为它知道
绿是需要呵护的颜色

59. 天鹅岛

天鹅
岛
扇动的翅膀将月光碾碎
在萤火虫点缀的星空
将夏夜的海的香味
拉长
稀释
棕榈在沙滩上
摇曳
关于爱情
湿的足印
涛声一阵高过一阵
将风和雨拍成
鸣响的尖哨
天鹅岛在夜空
记忆永恒

60. 在波光粼粼的岸

在波光粼粼的岸
有五色交织的异维空间
起伏
唯有有慧眼的人
可以用目光框选
让长江与昆仑接续
让苍翠滴滴
从太虚门落下
在水面
有月沉浮
将浮云搅成泼墨
五月
意象
天马行空
如封似闭

61. 灰色江河

亲爱的灰色江河
铅画般的沉重
只因历史太浓
显色太迟钝
地标式的脉脉温情
将记忆发酵
回五千年前
迁徙
争斗
繁荣
沉寂
一代又一代
在铅色中掬一捧
柔化基因
伴战马嘶鸣
牧童吹笛
伴袅袅炊烟
浣洗沐浴
伴帆影千里
惆怅满城
伴一江诗赋
星河鹭起

灰色江河并未污染
只是暮光中的一抹风景

乡愁的底片
远去的私语
云中的倒影
雁背上的气流

可爱的灰色
永远不会搭配不当
如同一道铅印
封固着古老氏族的秘密

灰色江河
让我将你做成围脖
随我浪迹海角天涯

62. 穿 透

爱穿透心房的那一瞬
他的伪装无力倒下
他曾经将柔情包裹成冷漠
又在荒无人烟的高山释放
云在天顶冷眼观望
寂寞的他被寂寞风筝
牵向远方
他的哨音如同年华
一圈圈扩大并消失
而他自己
永远在震中
栉风沐雨
如同非洲传说中的阿马
裹一身泥
捏出日月星辰
捏出地球
然后他与自己捏出的地球
繁衍后代
他繁衍出了坏人依乌鲁左
好人诺莫
他似乎最终自己穿透了自己
他不知道穿透心房的爱
在本质上是什么

也许人类仍然秉持了阿马的梦
也许穿透的底本
是叠换时空
是与拓扑
对话

63. 时光·思念

棕色注视

在时光与童趣间牵线

昨夜的梦

不褪色

假设假装可以假释

他已经将自己从灵魂之囚

解脱一百次

然而

他点烟的手在颤抖

倦意爬上烟管

将远处森林和海的咆哮

打上马赛克

他的眼睛已呈棕色

尽管风将书页风化

嗅出的尘霜仍然刚烈

他将爱与甜点与伤感混合

隔夜的年轮带着酒精味

随思念一起涌上脑门

节日的焰火似乎还在燃烧

毕毕剥剥烧了一春

肩膀上的童年笑声朗朗

河流中有放飞的风筝

天上有泅湿的鱼虾

这是一幅拼图般的画

没有起点

没有终点

64. 岩石之歌

当你的手像岩石般
被岁月的风刀霜剑雕刻
以至筋脉颤动
繁星落在上面
烙出一个又一个
斑点

当树根在岩石中钻行
生长的声音痛苦而驳杂
总有诱惑让他偏离正向
他于是渐知修行的要义
在于抵抗知觉
当漫天云锦浮起时
霞光让所有坚忍都值得

富有与贫困之间
有一个破折号
那是握手时留下的悬念
当岩石风化
省略号随之而来
悲戚或喜悦都如地火
烧得激烈却表面平静异常

我知道有一天
当手如岩石般

扎在山野
于是新的生机来临
虽然窜行的筋脉不再年轻
但是记不住的历史永远可爱
我们歌唱
声音回荡在岩石间

65. 桥·雕塑

精致的美丽

真实的自由

在过去与现在之间

架起一座桥梁

桥梁上错落有致地散布

关于神学

关于未知

关于人

的浮沉起落

转眼它们在水里嬉闹

咯咯有声

变换形色

把一池水搅出微喜与轻怨

所谓古老

不过是一眨眼的记忆

写在书本上的一段话

或者比说书人的牙齿

还要坚固的传说

桥的影

在清风明月中荡漾

五光十色地绮丽着

时不时招来一位

骚人过客

写下诗篇如雨

随泪与愁绪乱飞

在晨曦与暮色中交织
看啊
有一对情侣相拥走过拱桥
所有的动感
顿时静下来
世间最美之事
在于恰到好处
在于胜过一切的感受

66. 替　代

我们让钟面替代自己的脸
让无线电波替代脑电波
让冥想替代呐喊
让静替代动
让车轮替代腿
让宽恕替代论争
让笑替代哭
让忘记替代恐惧
让无言替代坚忍
让沉默替代忧伤
让不等式替代等式
让未来替代现在
让另一个我替代这一个我
我们也许在替代的轮回里
无法自拔
但是我们知道有一样东西不可替代
那就是
爱

67. 逝去的日子

逝去的日子
在宁静中喧嚣
理想浮游于万里波涛
乘风的醉饮
在羌笛声中流浪
默默地注视
却聚焦于虚无
别梦依稀
在那个流泪的晚上

我咀嚼空气
苦而甜的坚韧
青春如跳跃的音符
明媚地阴郁
看那尘世灯火辉煌

人来人往
家在远方
关心一出梦
爱恨总是伤

在某一秒
突然老去
旧园蟋蟀声
依旧彷徨
只有不绝的思绪
肆意流淌

68. 晚　风

晚风轻吹
拂我青丝
零乱成记忆两行
打湿
一地相思
尘霜满面的征程
如云霞在天涯咫尺
那一曲
醉了醒了醉了醒了醉了
在繁华若梦中
氤氲
带着风的呢喃
相爱成痴
我将风
织成围脖
裹着永不褪色的
故事
远方的海是一首透明的
诗
随离愁卷上高楼
喝一杯风酿的葡萄酒
迷失
在如钩月
钓起寂寞时

69. 缘

缘是从天际
飘下的一尾鱼
带给尘世多少期许
梦幻在光影间
挣扎
把几何形状
套在鱼尾
月升日落没有时间
在一起
好在雨滴繁华
有燕双飞
一抹想象
在冒泡
如同一滴咖啡
摇曳在风里

70. 荒　泉

在荒漠中流出

如诗　如画

打湿了青春的眼眶

和黄昏的暄热

地平线的起跑

是微笑的期待

变幻模样却仍然

清澈如珠泪

颗颗与海对接

在寂寥中美好

开出幸福的花

私语是入骨的相思

呢喃

于季风涌动时

清晨

我捧一杯茶

洗涤昨夜的疲惫

看万里尘埃中

一点白浪

轻轻

涌向朔方

守候

是最恒久的吟唱

铺开那漫天帷幕

看不清

却看清了一切

71. 折　叠

折叠是将光压缩成透明的海鱼
在滑翔中将记忆淡忘
如同布谷坐在枝顶
倾诉浅浅深深的过往
风雨来时
剪一抹流云
带走时间与花腔
一座行走的时钟
高悬天际
将过去与未来照亮
独缺现在
一千个日子有一万种
记忆
随风
那不曾来过我生命通道的
如同不曾将时光锈在镜框
长吁短叹
可惜已忘在水中央
波纹将永远捞不起又扔不下的
烦恼
荡漾
我履行刻画生活的承诺
为将最爱折叠进梦乡

72. 波的心

一定有 A 集干扰 B 集
这不是大概率
而是确定无疑
虽然毫无征兆
虽然不可思议
就如佛陀帮你许好愿
你以为是奇迹
我跪在三生石上
膝绽莲花
头顶榴梿
只为揭开
那一世愿力
波的心
在没有交叉时已荡起
在交叉中如飓风不息
波的心
在跨越千山万水后无衰减
教我如何不
皈依

73. 一个人

一个人谈恋爱了
因为他是一个人
他想谈一场浪漫的恋爱
因为他是一个人
当他一个人时
他常常感觉自己不是一个人
当他不是一个人时
他常常感觉自己是一个人
一个人的人如果是生物学意义的
那代表了孤独
一个人的人如果是社会学意义的
那代表了独立
一个人希望他的人是大写的
而大写的人常常是一个人
于是一个人在一个人的逻辑中深陷
当他终于等到另一个人
于是便谈起恋爱
最后两个人也变为一个人
一个人还是一个人
他无所事事地看着世界
并希望这世界也是一个人
是的
为什么不是呢?

他掰着手指头数着：
一、一、一、一……
终于
一个人老了
他的生物学与社会学意义合而为一
——还是一

74. 三文鱼

三文鱼在味噌汤里游泳
吸收酱油、醋
吐出 Omega-3
在生菜和欧芹的荫庇下
游向胃里
把最美味的年华
贡献给垂涎者

从淡水到咸水
再回到淡水
可以完成周期一生
不幸的是很多三文鱼
却再也回不到从前
食物链上端虎视眈眈
风险无处不在
一生不要说灵魂
连肉体的安宁也不容易

于是三文鱼的梦
从下游开始了

75. 一 念

一念是时空的错位
从来不想却萦绕始终
把日光握在手里
像沙般漏下
散漫到遥远的银河

一念在红尘中颠倒
将无与有铸合在一起
成为想象的事实
和事实的翅膀
那时刻让人欣悦的
却正在麻醉曾经默许的
过去也是未来

一念只是一个通道
超过光速
却又奇慢无比
叠成日渐变老的一生
可惜无法回过头来
分解与还原

一念既不是天堂
也并非地狱
一念是一次思想的花
在光和尘的浇灌下盛开

76. 无 题

托在掌心
散发透骨的晶莹
每一角都是
生死相依
我把体温借你
你却模糊成泪
消融
只需三秒
你却已经历
三生三世
在飘舞中
跌入下一个轮回
如果
天空是纸
你在纸上写的便是
短暂的永恒
一行行
将宿命
誊抄
你的世界永远冷冰
却拥有不屈的真情
每一朵
便是一个故事
你不祈望所有人都懂
因为理解

如血流奔涌的掌纹
会把你瞬间击穿
一片记忆便是一生
却不可救药地
流逝

午后
我泡一杯清茶
里面装满你的灵魂

三生石

77. 印　痕

降维是一件危险的事
比如将星星烤干装在画框
将夜打包背进行囊
然而月亮朝我眨眨眼
说几亿年来就是这样
东升西落
并不影响人类张开翅膀
瀑布解冻时
风仍在找寻良方
雨点敲打的
是远方的忧伤
用空间的棒搅拌时间的汤
才能变成涅槃的凤凰
我在四维空间游荡
看人类把未来折叠为既往
每一样湮灭
只是新生的华章
印痕点点滴滴
在荒原播下希望

78. 竞　赛

披一件战袍
名曰自我为难
戴一副手套
内裹殷殷期盼
挥挥手
让借口跌落尘埃
握住命运的绳
在有无间切换
把积淀当泥牛抛入海
将浅白搏击为深蓝
抓紧时只是透支未来
放手时却已消融障碍
静默地坚持
将灵魂的锁打开
充满乐趣地移位
却并不徘徊
一切机缘
正如渡江竹排
无所谓对错
时间才是裁判
真正的对手
绝不在自身之外
强者自己把自己战胜
弱者自己把自己打败
一条道走到黑的

最终走上领奖台
穷推所有的
最后也会枝繁叶蔓
从无固定取胜模式
只因你是独立存在

79. 时　光

都说流年似水绵密密
转瞬间旧岁已去
春光灿烂漏下成刻
新的征途又将开启
生活日日变老不及细品
看鬌龄顽童多无忧无虑
当你想快时时光却慢
当你想慢时时光如飞
一念是一方天
一步为一片地
天地时空却常扭曲
踏出即难收回
回首看歪歪扭扭两行足迹
才发现一路真的不易
这场修行需要度量和智慧
还有无比的专注与坚毅
晨起时摘霞光数行为诗
暮宿时掬清泉数捧作曲
穿起白衣写下天使梦
大医精诚为健康奋斗不息
用铁肩担起道义
借文字把灵魂洗涤
且将这一首诗刻在心底
献给新的未知一岁

80. 阿拉丁

阿拉丁的灯

在天与夜的尽头漂

将远山近水照得毕剥作响

抽节为茁壮成长的春潮

每一次光照

宣布一场无可救药的远足

烤干体能

将义无反顾谱成绮韶

明灭间旅途如此遥远

直至秦时明月照上汉时桥

在阿拉丁的魔法定义中

弥消的物种包括浮游的蓬蒿

飞往去来的传说

将欲望渐渐变老

阿拉丁

在光中产生光年

将每一个理想结成

岩礁

"我说，"灯朝我眨眨眼

"许三个愿可好？"

我将灯挂上屋檐

并且祈祷：

行人

不要为它
做一刻驻留
阿拉丁
仍然闪烁
将每一个足印焚烧

81. 下一场雪

下一场下一场的雪
只因这一场已毫无悬念
透明得将空气净化成了冰粒
在夜的缁衣下盘旋
云雀啄来的诗句
带着苍老的怠倦
一个不相接续的日子如同一把弓
想拉开时却发现缺了弦
注定是命运安排的
缘或无缘
起伏中山川隐去
只有白茫茫牵念一片片
下一场雪
褪去绮丽的谎言
只有最本真的
质朴呈现
在单数的日子里
生活是一杯茶情意绵绵
在双数的日子里
生活是一壶酒厚过远天
下一场雪
如同思念爬满墙沿
干净而苍茫
打印出并行线深深浅浅
宁愿就这样在守望中老去
直到霜飞上眼帘

82. 理　想

我曾经有一个理想
我将之吃进嘴
咀嚼了一千年
发现味道仍然旖旎
我问理想何以永葆童心
理想说她本身毫无气味
只有有爱的人才能品出爱
有浪漫的人才能嚼出浪漫
我含着理想敲打古老的木墙
有一个老人在回答那谁
声音如魔法游走
瞬间钻透心扉
你应有的都可以带走
但你得先发现墙洞的秘密
嘎嘀嘎嘀嘎嘀嘎
我恍惚便进到了木屋里
老人说送你一个礼物
这一篇童话只属于你
森林里起了微风
有一个魔法师骑着马儿蹄声滴滴
他来到草坪的中央念念有词
突然便有一只鹦鹉飞起
它站在魔法师肩膀
说我将大千世界变成雨滴
于是烟雾倏地模糊视线

有一颗晶莹硕大无比
中间坐着一个小妖精
她抛出漫天玫瑰
转眼幻化为蝴蝶翩飞
萦绕着漆园那个落寞的小吏
还有沈园执手相看的那一对男女
大雨落
鹦鹉堆成云笺
魔法师变成茶具
余烟袅袅中老人问那谁
你带走所有因为本一无所有
我咀嚼着理想
突然被木墙踢回
于是向下一个一千年
走去

83. 等　待

等待是看到梦中的世界
而身却在清晰的围墙之外
于是张开焦灼的翅膀
将时间按分按秒揉散

等待是把另一个自己摔打
在遍体鳞伤中身心舒泰
头与手足并不协调
彼此紧张地谈判

等待可以吸干太平洋水
却受不得灯花璀璨
在园中小酌一杯雪
却发现炉火未开
每一声倒数就是一个休止符
而乐曲却向前紧张窥探
静听每一声嘀嗒

等待只是等待的等待
等待是不是等待的等待
等待是等待不得的等待
等待是不得等待的等待
等待是不得不等待的等待

84. 期　限

期限是一把尺
量出缘的厚度
没有期限正是最好的期限
因为我们听从未知的安排
当你专注于时间时
内心的童话就会打破
何如忘了时间
而专注于
正在做的
正所想的
一个人是一座山峰
虽然高度有所不同
但是都同等地接受太阳月亮的
光照
沉寂是因为蕴藏太深
坚守是因为松岚相依
如果一定要加上一个期限
这个期限就是当你不想再坚守时
然而
放弃一个期限只是另一个期限的开始
结束并非终点
坚持一个期限到永久的人
其人生必定精彩
在这之前可能会审视很多
寻寻觅觅

都只是为这期限做铺垫
模式固定
便做成期限的椅子
外界有好奇的眼光在窥探
记得将之兑换成动力
把一生包裹在一个无须道具的
行旅
便避开了很多无须再问的
问题
期限将青丝变成白发时
仍然有童心与爱心
在其中唱歌
并在棱镜中反射出
七色光
忘了期限的期限
将期限自由放牧于草原

85. 厚

厚是一个双面体
一面是知一面是缘
晶莹而通透
盈满人间
经历如火热情的淬炼
最终香满齿颊
温情久远
从来不能速成
只因它是时间构建
抛一把到天空
化成花雨
成世间最浪漫的诗篇
拥有厚是一种福分
看
厚挥舞着双翅说
骑上来
我带你去看最温暖的流泉

86. 涛 声

涛声是一壶浊酒
摆在无风的渡口
我挥一挥袖
送你再次远游
诉说无由诉说的岁月
奏起十年前的夜曲
晚空是如此晴朗
你问我星星有没有熟
云在头顶游走
如同你舒展的眉目
蟋蟀在与山兔对着情歌
规划宏远的蓝图
松涛与海浪齐鸣
似乎要证明他们亘古相守
空气中弥漫温馨草香
有歌如梦在水中漂流
涛声依旧
雨季仍然发酵
燕子要从南方飞回了
你却踏上南下的征途
我摘一片树叶
轻拂眼角迷雾
一帆风雨远去
融入落寞江湖

87. 分 享

信息爆炸的年代
分享如同声光水电
所谓分享
是把自己的所有
化为别人的资源
明智的人
将真善美友爱轻松喜悦
分享给亲人朋友
于是这些美好的东西
如光明穿透黑夜
点亮人性之光
不断放大
愚昧的人
将假恶丑虚空无聊甚至罪孽
分享给别人
这种传播的速度照样不慢
如同传染病迅速蔓延
击垮一波又一波人
的精神世界
其实
分享不仅是给别人
更是给自己
当分享爱时
你得到更多的爱
当分享恨时

恨变为恶魔将你浸淹
当分享苦楚时
你嘴里会如啖黄连
当分享幸福时
你心中是不是如蜜甜
当分享虚假时
最终你自己也会受到欺骗
当分享真诚时
你与人的距离便不再遥远
分享温暖你收获光明
分享慵懒你收获怠倦
每个人都是信号的接收器
更是信号的发射源
每一次分享既是对别人
更是对自己负责
一千个读者虽有一千个哈姆雷特
却都有基本人性的理念
一丝力量
却有可能改变整个世界
相互分享
一加一并不等于二
分享是人社会性的体现
正确对待分享
和正确地分享
是一切美好的源泉

88. 海

海在记忆中奔腾
寻找缺失的晓风
浪花如承诺
将沙滩冲击成
寸寸镂空的绮梦
听那亘古未停的倾诉
已经扯断多少飞鸿
泛舟于斯
将爱拍打在高空
在一个看不见的角落
海在拥抱自身
虽然气象万千
却经不起海鸥一问
当与蓝天四目相对
孤寂映照更深

89. 足　迹

我在高高的天
俯观那将遗忘的足迹
浅或深
镌下欢笑或悲戚
风与云亲吻
每一秒都是川流不息
对或错并不重要
一生只是一个轮回
名利亦不复存在
何不将自由空气呼吸
每一个不平凡
其实是平凡的叠加
反之亦然

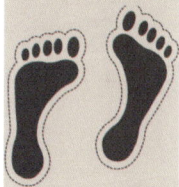

90. 别

轻轻地挥一挥手
香风沾满衣袖
泉城夜月
照彻阶前梧桐树
漪动的静谧
点燃那如潮乡愁
梦中别离声
在春夜毕剥生长
这一个繁荣的绻缱
注满眼眶
别是为更好地聚
那一声声祝福
铸成我入骨的定力
下一站
再下一站
每一个终点
正是起点
别了
一段旅程
爱
却永恒

91. 树的记忆

树的记忆
在花前月下萦绕
将幽会的人影
拉长成鎏金的岁月
倒影摇曳在水中
是你多姿的青春
当风响起时
树叶将爱洒满天空
变幻成最温馨的
音乐
抓一把光阴
咀嚼出最美的香味
雨夜
伞与树合二为一
在没有星星的晚上
只有一匝匝的年轮闪闪发光
昔日的故事变成浮雕
镌满其中
操场巡回的阴阳鱼
在黄昏落日下
遥相守望
更迭了枕畔的诗篇
沉醉
惊起鸥鹭
树在河畔

用绿得发亮的叶子
在微风中送去轻吻
然而空气仍然
静默不语
知了在树上躁动
把相思抛向天际
折射在荒草出没中你的裙裾
阳光明媚的日子
有响亮的书声
伴树生长
理想扎根在
繁盛的
奋斗
直到现在
沧桑爬上鬓角
不变的
唯有那不值得变的
如树挺立
坚守在
天的尽头
阳光的尽头

92. 随　机

看似随机的事情
总在有序的外衣下
反之亦然
自然的选择严苛
绝不会将最好的留给你
如同也绝不会将最差的留给你
因为最好或最差意味着消亡
物极必反
是因为极无可极
在一个进化的序列中
有上帝温柔的嘱咐
你便成为你
独特的个体
看
在一个阳光明媚的上午
有一个小和尚
静坐在莲花旁
听着杜普蕾
读着雷纳德
明心见性
与上帝同舞
诗是他交给未来的礼物
他说

My favorite is elegant and beautiful

    Explanation

To nature

To life

To everything

93. 紫 竹

我在一个静谧的夜晚
咀嚼一只橘子来对抗饥饿
如同经常干的
咀嚼一丝孤独来对抗时差

风像颤抖的手剥开千千结的天幕
熹微的晨光在万家灯火中浮沉
把爱与怅惘的调弹得恰到好处

当在暮色中泛舟时
紫竹摇曳
洒落满湖别离
而别离在一个早春
踩着地上的足印
悄悄而匆匆
伸向无尽的缄默

悄悄地来
正如匆匆地去
将一声咏叹扔在发梢
酝酿下一场沉醉

94. 守 候

我如同河马守候着飓风
虽然知道风力太大时会把嘴吹歪
然而没有飓风
又怎么得知生命曾经的美好呢?
回忆刻骨铭心
却在天之尾摆动
和着水滴形成季节

那绿的诗篇红的画卷并不能
将我的感受形成闪电
当一声叹息发生时
我知道那并非出自我口
期待是等候的守护者
如同天上的星星明灭无常
四季轮回交替
我站成一尊雕塑
在泥水中隐藏我的渴望和忧伤

一个方形的几何形状
曾经将后街草木深深固护
虽然允许有雨
但雨季已经毕业了
伴随深深浅浅的脚印远去

梦在郁郁葱葱中将华年扯成碎片
我捡一片
献给那永远消失的消失
守候那永远曾经的曾经

95. 未　来

最长的旅程如同最宽阔的思念
要以光年计算
时光在慢慢变老
而在天际自由穿越的只有孤鸿
把变老的时光背在身上
爱被织成天际的云彩
对着海面梳妆
又紧张地把未来描在眼角
尽管欢笑在遥远的 100 光年外荡漾

没有未来可以在现在小驻
虽然现在总是撩动未来的心
珠光凝结在未知的迷雾里
每一粒都熠熠生辉
照亮的只有心和足下丛生的荆棘
未来偶尔可以翻出来朗诵
就像我抱着童年的你
把最美的歌哼给你听
在摇篮曲中你长大
把 100 光年外的笑摘来
佩在我心间
爱是一架最快的时光机
把我变成未来的曲谱家
把泪与欢笑谱成永恒的乐章

96. 辉　光

我坐在尘土飞扬的故道
看车马喧嚣来去幻出光影
这时有上帝的使者来
伊带着透明的翅膀
通体泛着辉光
问我如何打发
即将来的春潮泛滥的夏天
我于是转眼明白
伊只是在问我要抱残守缺还是尽善尽美
我不知如何回答
因为当我回答时
在光辉的上帝使者面前
就一定有不堪一击的残缺
而我却总是追求完美

于是在沉默中
时光飞逝
车马更是喧嚣
峨冠博带的勋戚豪右们疾驶而过
车马中载满财富与得意
还有对苍头黎庶的不屑一顾
而我兴味盎然地守候着完美的开幕
于是在守候中
时光飞逝

"人在追求完美时
得到的往往是残缺
而以残缺作基底时
才会慢慢走向完美——
尽管也不可能百分百的完美
大概上帝给的宿命就是如此"
我终于开了口
尽管我并不确信这话出自我之口
然而我惊慌地发现
满身辉光的上帝的使者不见了
不留片言只语
伊是满意吗
还是伤心？

于是
我应该进入下一个命题——
守候残缺的闭幕了吗？
哦不
我是一个完美主义者
我在责备自身时
难免遭到命运的责备
而在责备中
时光飞逝

最快乐的童年
我在做什么呢？
通彻世事的中年

我又在做什么呢？
在一条荆棘丛生的路上
为什么要希望没有一枝刺扎到足上呢
月光下玫瑰的香味可以充当早餐
路却延伸无尽
我确信满身辉光的上帝的使者
便在路的尽头
向我说 Hello

爱恨悠悠
时短思长
我已经想好了答案
并写在纸上
在下一场流星雨时
辉光满寰
我将写上答案的纸作为飞船放出去
穿越极致
覆被所有

97. 风 筝

无论低伏飞行还是扶摇九天
那一线始终是无尽的牵挂
经风
破云
丝缕如弦
却永不断绝
风筝是浮着的誓言
是时光的信使
纵然再老
线永远年轻
一旦线老了
追逐便将陨落

蓝天系着你的理想
在无限中写着有限
每一次起伏都是上苍的恩赐
方向飘浮不定
只因那一线放得太过遥远散漫
而你并不要一个固定却短促的行旅

自由是相对的
你心知肚明
所以你不挣脱
你用四级风来解开自由的结
把浪漫写在天幕
你愿就这样飞下去
刚刚好

98. 湖　影

春夜
点金石与点石成金
的传说
在思湖荡漾
沉入水底的习惯
与杳然而逝的仙踪
都与手有关
手将未来打包
用手指封印
然后有一天
有了没有的坚强
没有了有的婉约
轻轻打一水漂
碎散水中央的金或石
变成酸甜苦辣晃荡
光阴的水鸟掠过
衔起一滴
得或失
爱或恨
喜或悲
窜向天际
拉长
眼底尽头
一抹斜影
交付渺茫的
湖的故乡

99. 地平线

地平线是一根拉长的思念
隐藏着喷薄而出的黑夜
旋转不息而永远遥远
斑斓七色地笼罩
千千愿

我用盲的眼
搜索隔空的蝴蝶
舞蹁跹
将梦打成结
在风中凌乱成
残篇

花在浓雨中摇曳
把醉妆成笑靥
这个春套着冬的季节
将鹅黄草绿涂抹成无言
献给
奔流不息的地平线

100. 沉淀的漂移

我将灵魂展览给上苍
在春日的阳光下晾晒
伴着海风与松涛
还有水鸟偶尔掠过
啄一粒片段
飞往不知名的远方

城市的上空氤氲着陌生的气息
因而总是被遥远飘来的乡村的炊烟冲淡
那炊烟里注定有
果香弥合的岁月和唢呐吹断的离愁
万里金黄的油菜花已经开过了吗？
碧油的气息仍然翔在水底
摸一摸
滑过却夹住了手——
那一丝痛却是从胃囊里发出的
几个世纪与一秒在挂钟上很好地重叠

这一刻
是沉淀的飘移
醒却了梦呓
却点燃了思绪
用钻木取火的坚韧

把无奈击穿
还原创世纪的质朴
那无所羁的舟
终羁在海的心中
潮从无尽的远方来了
正如我所期盼的……

仿古体诗词

101. 登湄潭·禅

按：偷得浮生半日闲，在黔中湄潭登
"天下第一壶"，于顶层品茗论道，禅意顿
生，乃挥毫泼墨，赋"禅"诗一首。

绿玉浮沉皆随缘，
壶中知味品流年。
山高雾霭绕日月，
笃笃胸臆写云间。

102. 晨　曦

晨起微曦霞盈天，
五彩流光若梦间。
窗前黄叶飘满地，
星月兼程又一年。

103. 夜 雪

霏霏寒絮漫天飞，
葭灰[1]微变斗柄[2]移，
夜阑何事拂心弦，
梦中杨柳待子规。
披衣应觉春来早，
抚窗玉挂万里冰，
安得彭殇[3]仙丹术，
翠斝[4]长斟溥期颐[5]。

注：

[1] 葭灰：[jiā huī] 葭莩之灰。古人
烧苇膜成灰，置于律管中，放密室内，以
占气候。某一节候到，某律管中葭灰即飞
出，示该节候已到。

[2] 斗柄：指北斗七星中玉衡、开阳、
摇光三星。在北斗七星中，第五至第七颗
星，排列成弧状，形如酒斗之柄，故称为
"斗柄"。常年运转，古人即根据斗柄指向，
来定时间和季节。

[3] 彭殇：犹言寿夭。彭，彭祖，指
高寿；殇，未成年而死。语本《庄子·齐
物论》"莫寿于殇子，而彭祖为夭"。

[4] 翠斝：cuì jiǎ 翠玉酒杯。

[5] 期颐：指百岁之寿的老人。古时
称百岁为"期颐之年"。

104. 玉墀[1] 冬思

雪影斜阳天将暮，
玉墀忽见琼千树，
风吹孤云八百里，
楼高已失来时路。
凭栏听海声声骤，
鸿雁依依传尺素，
不见去年卷帘人，
浊酒半樽泪满袖。

注：
[1] 玉墀：台阶的美称

105. 玉壶春·咏梅

彤车[1]白马香阵阵，嶷[2]枝疏影映玉轮[3]，飞花觅流水，断桥逐梦魂，玉壶摇动霓裳曲，芗泽[4]无俦[5]满乾坤。

佳醑[6]珍馐夜深深，金盏银烛醉引弓，流泉堆翠霞[7]，瑞萼引东风，越岭深坞残驿外，一枝犹待晓行人。

注：
[1] 彤车：朱漆车。王侯之乘。
[2] 嶷：高耸的样子。
[3] 玉轮：月的别名。
[4] 芗泽：指香泽，香气。
[5] 无俦：无与伦比之意。
[6] 醑：经多次沉淀过滤的酒，清酒。
[7] 翠霞：青色的烟霞，出自《江赋》。

106. 行

行行复行行，寒天暗复明，
佩剑踧[1]芳泽，道险却难停，
暗香[2]浮迷雾，春水[3]泛仙鸣，
一行一春秋[4]，一语五千年。
华胥[5]踪难觅，关山飞渡难，
掩卷长叹息，龙渊[6]已怆然，
婆娑树摇影，尊[7]前谁尽欢！
云烟缥缈处，暖阳照冰台[8]。

注：

[1] 踧：恭敬而不安地踏。

[2] 暗香：多义语，①黄昏；②变动不定；③芳香的气味；④忠义之气；⑤清幽之景。

[3] 春水：多义语，①春天的河水；②女子明亮的眼睛；③帝王春季狩猎。

[4] 一行一春秋：双关语。既指每读一行（háng）就是一段历史，也指行（xíng）了一段路回头一看就过了一年。

[5] 华胥：上古时期华胥国的女首领，伏羲和女娲的母亲，炎帝和黄帝的直系远祖，誉称为"人祖"。华胥国则为古代理想国，最早见于《列子·黄帝》。

〔6〕龙渊：宝剑名，又称"龙泉剑"，为诚信高洁之剑。传说由欧冶子和干将两大剑师联手所铸。

〔7〕尊：双关语。既作"尊"，又作"樽"。

〔8〕冰台：双关语，既指如冰雪晶莹的灵台（心），又指可用来治病疗疾的艾草（古称冰台）。

107. 春 思

陌上黄花三两枝，
似报早春却嫌迟，
鹅影荡漾云水处，
乍暖还寒飔[1]翠思。
一年最是春光好，
早沐暖阳晚作诗，
炊烟晏起童子笑，
闲散山居泄泄[2]时。

注：

[1] 飔：风所飞扬也（《说文》）。

[2] 泄泄：音 yì yì，闲散的样子。语出《诗经·国风·魏风·十亩之间》："十亩外兮，桑者泄泄兮。"

153

108. 春 雨

按：春雨惊梦，故丙夜起，吟诗泼墨，装时间于两袖中。

丝缕如烟泗[1]天幕，
笼红隐绿芳千树。
夜阑抚弦春声急，
惊起东墙舐毫兔[2]。

注：

[1] 泗：液体在纸、布及土壤中向四外散开或渗透。

[2] 舐毫（shì háo）：①传说兔舐毫望月而孕，故曰舐毫兔；而玉兔捣药，致民于寿域则为理想所寄。②吮墨舐毫，挥毫泼墨之意。

109. 山水迎春

斗耸[1]相乱峙峻峰，
谷涧逶迤走其中。
林泉清越若天籁，
鸟雀和鸣又一春。

注：

[1] 斗耸：意为陡立、耸立，语出北
魏·郦道元《水经注·谷水》："二壁争高，
斗耸相乱，西瞻双阜，右望如砥。"

110. 花雨辞

去岁东风在北关，海棠开满怀，今见海棠花将谢，心事有谁猜！芳径无人春已过，落花流水不复返，谁堪？

樽前小雨雁声寒，天际影徘徊，高楼望极空念远，更深漏又残。万程山水如一梦，别去何如相见欢，空叹。

111. 逍遥游

无穷天宇逍遥游，
长风咏物顺水流。
自古雅达皆自然，
营营役役何时休！
君看京畿八百里，
侯王勋戚终土丘。
何如长夜倾玉壶，
醉卧东床散千愁。
晓岚出岫惊山雨，
夜光寒彻染征衣。
瑯玕奇崛乱骏马，
风月无边卷重楼。
拔剑倚天期晓曦，
华胥乡梦引金筹。
千里雄关霜如雪，
一笔如椽写春秋。

112. 鹊桥仙

佳期如梦，飞花若雾，长亭蛰虫声骤。杜康饮尽人未醉，东墙残烛映绮疏[1]。

幽情难托，寸心谁付，天路争忍回顾！鸿雁依稀传尺素，明月夜夜将人误。

注：
[1] 绮疏：指雕刻成空心花纹的窗户。

113. 相思子·别离

残阳西斜香风催，暮雪如山战马嘶，长亭更短亭，折尽杨柳枝，今宵酒醒身何处，吟遍万山已忘辞。

茕然[1]半影吊黄昏，忽见飞霜染青丝，银篦伴芳萃，穷年觅新知，杏林长春泽黎庶[2]，玉壶仙丹寿域司。

注：
[1] 茕然：孤单貌。
[2] 黎庶：指黎民百姓。

114. 悟 道

绿牒丹书韫华年，
穷经溯远九畴连。
肇基化元无终始，
万品明灭一心间。

115. 春 眠

春眠时觉夜梦惊，
披衣坐听燕雀鸣。
窗外香透千丝绿，
钟慢尺缩到天明。

116. 长 庚

更尽漏残忽黎明，
时差方去又夏令。
一枕黄粱梦总碎，
半阕新词向长庚。

　　注：2019 年 3 月 31 日时差君方略去，
夏令时又至，于是又得少睡一个小时。这
两天极忙，仅得半厥新词，改短诗以纪之。
自今日起，与国内时差六小时。长庚明灭，
晨昏相照矣。

117. 清明节

天清气复明，青鸟伴茕云，
提笔忽忘语，不知向谁吟。
风发花千树，朝起飞落英，
一别终不见，故人杳无音。
魂归茔边草，泪飞二弦琴，
生死两茫茫，长歌壮短行。
万里托尺素，千杯掩离情，
年岁皆相似，惟异断肠人。

118. 锦声春晓

曾忆垂髫嬉群山，
杜鹃如火遍烂漫。
百灵婉转啼好句，
兔鹿相邀跃涧澜。
常觉春时香梦短，
渔樵耕读远声传。
老树又焕新芽绿，
锦时诗意扑面来。

119. 夜明珠

幽光出重彩，夜深化蓬莱，
亭榭初相见，嫣然云鬟绾。
唧唧复卿卿，桂风伴银蟾，
行吟十三行，佳人泪满衫。
腾龙欲化雨，雏鸲鸣空山，
夜夜明复暗，轩鬶映金簪。
惘然留缁衣，香佚云湖畔，
且寄满天星，相期泛云汉。

120. 林　间

鸟语啁啾跃松尖，
风拥馨香入暮帘。
昏灯明月两相照，
石顶盘坐醒梦间。
烝气沧桑皆一念，
物我氤氲二气旋。
思虑无尘离俗去，
蓦然惊觉一周天。

121. 纳佤速写

碧水银帆接远天，
扶疏桦柳倒影连，
沉船侧畔卧高馆，
斑驳光阴数百年。
芳草茵茵水如故，
行旅匆匆皆异颜，
轻寒不减醉春意，
塔尖为笔画新篇。

注：2019 年 4 月 19 日，沿纳佤谷
(Narvavägen)，一路向南，有始建于 1892
年的奥斯卡教堂、为纪念 1628 年沉没的瓦
萨号军舰而建的沉船博物馆、于 1873 年建
立的北欧博物馆……建筑满满历史味却又
保存得完整如新；更有那云帆往来，融入
远天的沧海……不由感叹光阴迅速，春之
后又是春矣。

122. 金　轮

海天蟠蛟龙，首尾吐金轮，
鳞波合云影，霞满南天门。
长岛更短岛，不见旧时人，
风起春衫袖，倦鸟啄游魂。

注：2019 年 4 月 20 日，于波罗的海，
是时日落远天，霞光掩映，嵁屿连绵卧波，
若游龙戏水，而首尾各两金轮，日月同辉，
蔚为壮观矣。睹景思人，忆往昔旧友同游，
今已天南海北，遭际各不同。人生之缘，
不可多得，当深惜之。

123. 樱　花

樱花鼎沸又阳春，
万千霞客沐熏风。
纵使一生时光短，
绮丽深著满乾坤。

124. 杏林春暖

　　东风夜剪绿千树，更哪堪，芳草连天，鸟啄晨间雾。酣然高卧到天明，披衣觉轻寒，喜看明媚低阜半金乌。

　　青丝渐染化一梦，又争如，兰室延年，士研司命术。忽而惊悟向丹台，拍案得良方，笑持锦绣杏林一玉壶。

125. 车厘花开

一树花开转北璇，
半园春色绮疏前。
待到秋时挂赭玉，
珍味琼浆醉人间。

　　注：2019 年 5 月 5 日，前院车厘花开，朝霞之下，如璿之旋；更得后园连翘相映，梨花带露——美哉斯景。时光恍惚，北璇来去；满园春色，秋实可期。国内云"车厘子自由"，愚日啖百颗，得自由乎？唯恬淡虚无，精神内守而已，不由轻哂耳。

126. 夏夜偶忆

昔日华灯照渔阳，
露台风送菡萏香。
夏虫恼人眠不得，
月移阑干上西窗。
天地十年人易老，
古今事事过隙光。
何当共影论高怀，
禅思穿林入梦乡。

127. 引金乌

　　长波明灭烟如织，寒山起伏斜阳
瑟，暮风起青萍，晚凉罗秋意。举杯
邀金乌，高远两相得。

　　雁声萧萧逐浪高，丹黄氤晕染六
合，孑然醉浮云，未知今何日。不如
归去来，隐身画中客。

128. 端午感怀

尝泛龙舟吊离魂，
江浑雨急疑天问。
苏世独立与长友，
上下求索尽微躬。

129. 蒹葭吟

　　蒹葭微动，移目岸送远，晨钟惊
起单飞鸳，戏问可曾恋红尘，答曰一
池春水浅。

　　风雷骤奔，倾足浪打舷，关山隐
卧半醒仙，蓦感已然醉金梦，吟作万
重诗意连。

130. 岳麓听蝉

千年岳麓蝉声骤，
卅载时光如迷雾。
倏忽重聚携手游，
昨日书声萦白首。
山绵延，水不住，
劝君莫将华年负。
唯楚有才斯为最，
经世致用报黎庶。

131. 潇湘辞

华年似水，衷情难诉，谁叹雨
疏风骤！山居夜饮执素手，岳麓顶
上歌荆楚，只惜日太促，难消潇湘
离愁。

灯影摇红，暮笼含浦，挥麈蛙
声起伏。虽无满月照高庑，却见银
光绕廊柱，窗前人消泺，望极天涯
半渚。

132. 一剪梅

　　风起花飞冷月悬，独倚危楼，目断天远。怆然四顾对影怜，山重水渺，黯失朱颜。

　　一去朔望又晦弦，松涛如泣，未语声咽。寒窗孤雨敲冬叶，飘零百转，愁绪千点。

133. 桃花岭小游

按：是日，得半晌闲，与友人至长沙桃花岭公园小游。晚七时顶落日余晖至，九时半披朦胧星光回。湖光山色，蛙噪蝉鸣，清风送爽，荷香盈鼻。更见湖畔水蛇一条，摇头晃尾，逶迤来去，听众人吆喝，即钻入水草丛，独尾部在外招摇如藻。愚以手电照之，则回首昂然挺立如蘑菇，某等吆喝再四，绝不动弹，憨态引某等大笑。天渐黑，视远则星光闪烁，睹近则长虹卧波。诚山环水绕、野性十足、怡然快哉之地。诗曰：

夏风送爽波光粼，
鱼跃蛇游伴蝉鸣。
天生山野好去处，
何当夜宿看启明。

注：众友如再来长沙看我，未必非上岳麓，此山不高，尤仙以名之，然气象甚妙，山水为蒙，萍踪侠影，亦可论道也。

134. 铜鼓包

铜鼓包上雷声隆，
山雨时来云雾蒸。
蓦然登顶风光杳，
仙气四合欲飞升。

注：铜鼓包为九宫山之最高峰，上有
拨云亭。上山时天气尚晴，但低沉雷声时
作，远处山谷云雾飘忽，蓦然上涌则五米
之内目不能视。待到得峰顶，山雨骤至，
四围皆仙气缭绕，旖旎风光杳然不可见，
此时有得道飞升之感。

135. 无量寿禅寺

钟声悠扬一古寺，
五重倚岳面云池，
受想行识于此绝，
悠然涤尽烦烦丝。

注：2019 年 8 月 8 日，于九宫山。据
云此寺禁拍照，包括大门。而其宏伟庄严、
禅道合一、妙法诸相，则难以尽述矣。

136. 云中湖

绿水悠悠一平湖，
观山听禅赛明珠，
宝塔白云时相拥，
长虹夜卧实惊殊。

137. 醉沉香

　　繁缕沉香，菖蒲摇月，一缕半夏如烟。谁扶西河柳，饮尽叶上秋，生地无眠？

　　云门飞扬，丘墟列缺，千回新词腹结。浓荫隐伏兔，金戈射大都，华盖凄切。

　　注：本词由中药及穴位名组成。上半阕含中药名繁缕、沉香、菖蒲、半夏、西河柳、叶上秋、生地；下半阕含穴位名云门、飞扬、丘墟、列缺、腹结、伏兔、大都、华盖。

138. 夜清秋

一夜秋风送清露，玉簟微凉，霓虹破雾，又别轻挥手，车马声声骤。

半世浮沉常迷路，赤诚未改，痴心依旧，肝胆照银河，不将年光负。

139. 凌霄花·庆元宵

尝忆上元夜如昼，髫童举灯，送喜家家户。爆竹响彻云天里，烟花绚烂如蜃雾。

杨柳轻摇春风拂，桃李争芳，引蝶跹跹舞。最是一年好时节，勤播百谷待秋收。

140. 戊戌重阳小占

异乡孤旅又重阳，
铅云垂地世浊茫。
身心两处祭轩辕，
谁人味识枕中方。

141. 醉花阴·重阳

萧瑟秋风竞夕骤，花木一夜瘦，
推窗月妆残，点点滴漏，露凉湿罗袖。

今又重阳品新酒，高处消快昼，
茱萸遍山冈，粒粒如旧，怎平乡思苦。

142. 斯京夜雨

空阶夜雨滴晓声，
迢迢疏风送寒吟。
窗外墨竹摇轻影，
远巷灯火羁鸟惊。
岁增徒伤形影瘦，
病中谁念客魂深。
故人不识思乡苦，
犹道炉底添余薪。

143. 晨

晨光先向绿窗明，
帘外鸟跃叶忽惊。
危枕竹炉听流水，
冬春交织自多情。

144. 寒　雨

潇湘寒雨遮天幕，
高楼小酌近岁除。
一窗灯火人易老，
天地过尽客萧疏。
江滩忽闻残笛声，
倦鸟今夕投何处？
羁思恍如江南客，
细珠断云长相误。

145. 腊　八

梅妆未卸柳妆浓，
东君[1]伸臂欲探春。
窗前暗结神仙草，
庭后喜动福寿风。
萱堂[2]高坐饮美酒，
爆竹低旋逐稚童。
年味渐浓又腊八，
融融暖意满山城。

　　注：
　　[1] 东君：中国民间信仰的司春之神；
　　[2] 萱堂：本指母亲的居室，借以指
母亲。

王维武诗集·风骨与心声

146. 戊戌无题

南顾烽烟连莽苍，
山河泪目多跳梁。
远志还须昆仑客，
图穷难见荆轲郎。
珠黯尘深花将尽，
此恨悠悠痛断肠。
愿得弓矢担道义，
飞雪漫天射虎狼。

注：2018 年 12 月 6 日读史有感。

147. 疏雨令

　　昨夜风清雨疏，浓酒难消离愁，
无毫无墨就草纸，硬笔深院锁清秋；

　　奉亲结居草庐，不忘击楫中流，
至精至诚拯民瘼，此心恒久如当初。

148. 浪淘沙

　　仙鹤翔高山，绿树回环，沙丘层叠浪打滩。疑是天上遗美玉，散落人寰。

　　冬去春复来，群花烂漫，伊人巧笑在云端。飘蓬渐远思渐浓，香满衣衫。

　　注：2017 年春于西班牙属群岛加纳利。

149. 夜读莎翁

夜月穿云动秋风，
西窗帘透商籁[1]声。
相思玉笛应无约，
未老铜斛总关情。
莎翁剧罢难释卷，
北山隐约拥边城。
远塞皂雕孤雁寒，
难酬国士走马踪。

　　注：
　　[1] 商籁：Sonnet 的音译，意为"十四行诗"，是欧洲一种格律严谨的抒情诗体，莎翁将之发扬光大。

150. 渔家傲

　　倏尔冬来雪纷飞，天光早暗归鸟急，年华老去似流水，黄昏里，无聊把盏唯一醉。

　　梦中铁马金戈起，宝剑呜咽征夫泪，家国渐远声渐稀，今宵去，寸心但祈众生怿[1]。

　　注：
　　[1] 怿：悦也，乐也。（《广韵》）

151. 尾 月

按：戊戌尾，血月冲天，银光掠地，夜如水，雪如玉，无狼声远哮，有蛰虫近唧。万类虽繁，允臻齐契。感怀满襟，口占一律。

血月照边陲，漏尽人未息，
宫墙柳影乱，仙芙亭亭立。
感怀多春梦，跃马过冰溪，
今宵酒未醒，醉别两依依。
青鸟多殷勤，传我心戚戚，
阆苑清音杳，玄度[1]无双句。
参商夜空明，轻雪伴孤旅，
挥笔忽欲止，书言应天机。

注：
[1] 玄度：①月亮。②玄妙的法理，指佛法。③高尚的襟怀。这里可以做多解。

152. 赤壁怀古

绿萝银杏簇金盘，
塘荷水寨石门关。
谁道雕梁画栋地，
当年兵燹日月残？
江矶流水阵如旧，
击鼓登上吴王台。
桃花含笑英雄泪，
龙曲但向清风弹。
新天旧地越千年，
今已胜古换人寰。
夜梦沙场挥大戟，
白衣执甲战新冠。

153. 故园夜雨

潇潇夜雨添疏凉，
风穿斜径入小窗。
春来又去花未尽，
杯酒对影醒愁肠。
灯下红颜空念远，
深院寂寂理娥妆。
莫问飞花在何处，
残香逐墨写新章。

154. 炎暑写意

竹院斜开半掩门，
花香招来一庭风。
棋坪时闻车马响，
扇底繁星落五城。
岭外天高无过雁，
江湖杳然少萍踪。
剑南诗接离骚曲，
往来浊酒共相斟。
窗前闲看休咎意，
倚阑物华皆入梦。
谁堪向晚苦心绪，
不若轻轩袖乾坤。

155. 林泉小语

轩冕[1]终究作轻尘，
林泉明月伴清风。
挥笔黼黻[2]三千语，
难瘗[3]荒郊一梦魂。
当年云罕[4]遮天日，
谁料他年作渔翁。
且啖美酒三百杯，
与君共赏蛰鸣声。

注：

[1] 轩冕：代指官位爵禄。

[2] 黼黻：音（fǔ fú），华美的样子。
《荀子·非相》："故赠人以言，重于金石珠
玉；观人以言，美于黼黻文章。"

[3] 瘗：音 yì，意为掩埋，埋葬；

[4] 云罕：指旌旗。

156. 破故纸·中药串烧

羊蹄白茅根，凤凰衣杜衡，
怀山积雪草，冬葵络石藤。
夜交千金子，当归尤守宫，
葶苈六神曲，半枝莲款冬。
紫河千里光，无名异锦纹，
巴岩天竹黄，薏苡路路通。
木笔书带草，厚朴两面针，
相思破故纸，云母白头翁。

注：诗中包含中药有破故纸（补骨脂）、羊蹄草、白茅根、凤凰衣、杜衡、怀山药、积雪草、冬葵子、络石藤、夜交藤、千金子、当归、守宫、相思子、石见穿、云母、白头翁、巴岩姜（骨碎补）、天竹黄、葶苈子、两面针、木笔、书带草（麦门冬）、薏苡仁、路路通、紫河车、千里光、无名异、锦纹（大黄）、厚朴、六神曲、半枝莲、款冬花、陈皮。

157. 飞花啄桐

偶回旧园惊旧梦，
时光轻拂扰轻尘。
我有幽情抒不得，
伴坐明月听东风。
人生恍惚如烟雨，
前日斯京今鄂中。
一曲吟罢枕衾寒，
飞花浅啄窗前桐。

158. 夜　宴

故国山河故国梦，
新茶旧曲夜娱深。
千澜万壑挥不去，
眉间时起汉唐风。
齿颊生香吟妙句，
酒醪穿肠豪气奔。
钿筝[1]惊飞穿帘燕，
玉簟[2]醉卧摘星人。

注：
[1] 钿筝：镶金为饰的筝。
[2] 玉簟：竹席的美称。

159. 春　趣

暖阳薰风水镜肥，
远山如黛卧龙逶。
文台半阕乾阳茂，
坤元化物盛千美。
悠悠芦笙催柳蓓，
湖天一色群骛飞。
顽童放鸢争高下，
张飞无措失南北。
原韶七色尽芳菲，
蝶蜂献舞声如沸。
麦浪翻腾人伺马，
关羽闲雀梳锦眉。
行旅匆匆天又晚，
斜挂渔帆看云霓。
弦外忽闻黄钟曲，
梦得烟津不思归。

注：本诗暗含十五位三国人名。

185

160. 稗梦飞

　　天如蓝宝石，海似翡翠玉，千绿丛中数点红，百舸小泊鹜低飞。雕侣小抱作昵语，千年树下演童戏。流连不思归。

　　草坪支画板，丹青挥妙笔，五彩稗梦跃纸中，长虹艳日蘑菇肥。村野忽闻启柴扉，原来老妪舀春水。纸上有妙趣。

　　注：2019年6月8日，于瑞典 Prins Eugens Waldemarsudde，陪杰西妤看童话剧表演、习练水彩，彼时海天一色，人景画融为一体，直觉己身亦入于童话中矣。

161. 围炉夜读

烛火红炉两不闲，
披经注史窥洞天。
风流云散千帆顶，
名利泥崩万壑间。
但将浩气着人寰，
何惧世道多险艰。
俄尔东方天已白，
群贤散尽再挥鞭。

162. 生　日

　　按：我是不喜欢过生日的。生日是一个破茧而出的日子，带来人生第一声啼哭，预示着生来受苦。不但自己苦，也兼给父母带去苦难——他们自觉的欢乐中，有多少苦难的种子啊！

　　我理解的生日，是浴火重生的日子，哪天顿悟了，哪天便是生日。因此我不吃长寿面，不滚生日蛋，只期待思想的彻底成熟和身与心的完满，所以我还在等那真正生日的降临，又破一次茧。

　　我给装着一万多个日子的自己写了一首诗，以为纪念：

陌上尘霜，风起朔方，
潮起潮落，一帆正张。
龙吟鹿鸣，仙鹤南翔，
浮沉苍莽，不知所往。
云驰天际，光阴悠扬，
百川到海，驿马他乡。
人生如梦，雾锁黄粱，
齐臻寿域，百岁其康。

163. 偶吟三首

晚 春

风拂花径香满天，
群芳盛极竞暄妍。
悠然醉卧东墙外，
时闻云雀噪重檐。

仲 夏

南园新雨沥离愁，
蛙雀齐鸣消长昼。
赤子但悲光阴短，
丝缕乡绪终难休！

樱 桃

翠绿丛中万星红，
登梯摘玉一顽童。
笑啖趣饮皆快意，
繁英怡然散庭中。

164. 听昆曲 《牡丹亭·寻梦》

牡丹亭畔寻梦还，
丝粒断顿落灵台。
郎情妄意惜梦里，
奈何天榆钱吊转。
柳色斜倚太湖石，
梅香荡过芍药栏。
契阔痦瘵皆前定，
香魂游弋书声缠。
冥冥杳杳韶光尽，
卿卿我我漏已残。
人间万事半梦间，
昆仑之巅听北海。

注：2020年1月10日，几十年前曾看过牡丹亭剧本，今由友人推荐听昆曲，丝粒断顿，荡气回肠，三日难知肉味，盖人间之情缘离合，莫非前定，半点难由人也。

165. 声声慢·雨潇湘

　　淅淅沥沥，霎霎修修，缥缥缈缈
霏霏。临晚华灯初上，向河风急，汀
州盈起骤冷，却提杯，解烦去戚。暗
浪涌，雨声高，雾气漫弥柴扉。

　　一时飘蓬无依，空念远，山河怎
风波息！振弦轻弹，偏半绪呜咽难
齐。龙泉壁上叱鸣，落银川，依依佁
佁。雁远去，岂千念百语可及！

166. 铁血丹心

一点丹心亘古今，
谁论铁脊与金身。
人生未竟先已病，
世事无常总损神。
仙药难医天地老，
情花终变水龙吟。
灵台九转归何处，
留得双眸夜夜深。

167. 夜　漏

一漏向东不少停，
誓伴残更至天明。
参商沉落俗事远，
夜雨萧萧声尤近。
金鼎小煎云母粉，
肠倾西楼玉井声。
泥丸掉阖河车转，
且骑斗杓闹天庭。

168. 南楼夜月

金风夜送玉蟾光，
良宵露华逐小窗。
桂酒饮罢冰魄乱，
披衣且寻半寸香。
幽微明晦穿云月，
生长壮已陌上桑。
且祈玉兔捣仙药，
去尽痼疾尽安康。

169. 夜 归

霜空魆[1]杳劲风吹，
断桥残驿闾阎[2]寂。
韩卢[3]夜吠惊山鸟，
玉箧[4]银针悬壶归。

注：

[1] 魆：xū，暗黑之意。
[2] 闾阎：lǘ yán，泛指邻里百姓。
[3] 韩卢：泛指犬。
[4] 箧：音 qiè，指小（出诊）箱。

170. 捉妖瘴

野外烟水缭绕，依山岚瘴藏妖，
青雨添愁蝶入梦，燕雀低飞伏翠梢，
回眸春已老。

荒郊战鼓声嘹，丹心素装清消，
众志成城筑垒堡，誓破魑魅迎春晓，
人间无疾扰。

171. 蝶恋花·秋雨惊梦

风紧雨疏惊旧梦。月黯高空，云影托孤鸿。香满星洲思满垄，举杯同醉秋声共。

漏断绕阶听梧桐。难语参商，却苦巫山问。朝起青丝忽成雪，挥鞭跃马踏新程。

172. 云边小占

松风竹语雾重重，
时情恍惚总牵心。
千古是非归短梦，
一身赤胆伴孤斟[1]。
山河大半入怀袖，
云水无边供醉吟。
奈何汗青难为画，
人间随分[2]曷沾襟。

注：

[1] 孤斟：独自饮酒。

[2] 随分：①依照本性；②安分，守本分；③照样，依旧；④随便；⑤随意。

173. 轻雨摇红

　　鹅黄绿荫香满地，一春又过，芳华如逝水，林中秋千笑依旧，幽径萍踪已难追。

　　窗外竹影摇淡雨，半生漂泊，离魂谁怜取？唯将霜髭向神州，铁甲银枪马上催。

174. 夜风吟

月华幽深，映我心中，
星稀在隅，明灭随风。
扶阑观斗，思彼友朋，
噬肯适我，鼓瑟吹笙。
曲水流觞，瑶台半梦，
佼人夭绍，影落梧桐。

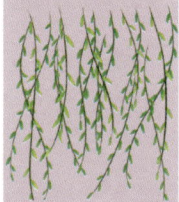

175. 大别山问药

才饮沅江水，忽呷英山茶，
山高云难越，方天笼轻纱。
野花犹自闹，溪落桃源下，
倏尔云湖见，仙翁炼丹砂。
烟雨催赤箭，幽鸟啼半夏，
药工修本草，孜孜忙采摘。
大别多仙草，粲然富万家，
何当携青囊，更复采芝行。

注：诗中"赤箭"为中药天麻之别名。

176. 无题有感

楼外弱柳破春寒，
坝上桃香逸天台。
东风夜半惊绮梦，
战鼓依稀响塞外。
瘟神未远心常默，
巫彭[1]补天情难堪。
何时万毒皆消尽，
正气氤氲满人寰。

注：
[1] 巫彭：传说中的神医名，泛指名医。

177. 清明有感

清明浅寒逐飞花，
高空号响落平沙。
杨柳千丝浸野水，
疏云来去点新芽。
几曾芳菲春渐老，
无端客意在天涯。
东君欲去留难住，
啼鹃泣血过万家。

178. 云烟偶感

春时无眠月已斜，
东风徐放旧年花。
老树带烟空有叶，
苍山如墨难涂鸦。
江湖异色卷苍茫，
云水相荡泽万家。
但将铁肩担道义，
何惧澜声起天涯。

王维武诗集 · 风骨之咏笔

179. 夤夜骤雨感怀

一雨春容便觉宽，
芳菲二月逐轻寒。
柳絮但随风吹去，
泥燕攀梁语聚难。
事与心违皆天意，
身如病去即相安。
故人千里分南北，
几夜灯花为我阑。

180. 雨潇湘

潇湘夜雨连晨霏，
暗度瑶华透碧扉。
梅杨欲静风未止，
江海放骸不知归。
鸳鸯相对浴红影，
苇菡数行湿裳衣。
谁念扁舟返南浦，
汀州寂寂半芳菲。

181. 岁尾小酌

友人远来适寒冬，
樽酒相逢意已浓。
围炉小酌论今古，
百年弹指是浮沉。
乾坤一梦归短棹，
风月四时伴闲生。
今朝有酒且饮尽，
何人醉里识管仲。

182. 冬时偶忆

曾忆旧时在西溪，
青毡为席不思归。
懒驴遍历新世界，
旅雕斜啄老寒枝。
晴沙漫天烟波乱，
草暖迷人鸟迹微。
江海一身多少恨[1]，
故乡回首未全非。

注：
[1]"恨"，遗憾之意。

183. 蝶恋花·雕雪

按：戊戌岁尾，天降大雪，纷纷扬扬，地面积雪盈尺，与稚子小园堆雪，连绵成山，雕之塑之，更著松枝斜插成趣，后衬车厘，枝丫纵横，成一景矣。念一岁又过，中瑞穿梭，终难两全，因作"蝶恋花"词一首纪之，期己亥新元。

搬来群峰贺岁尾，松花为缀，傲然风骨立，最喜燕雀迎春语，郁陈去尽新元启。

红烛春台[1]家万里，朋辈欢聚，共赏烟花雨，但求借得鲲鹏[2]羽，日寓斯京[3]暮桃溪[4]。

注：

[1] 春台：指饭桌。

[2] 鲲鹏：语出《庄子·逍遥游》："北冥有鱼，其名为鲲。鲲之大，不知其几千里也。化而为鸟，其名为鹏。鹏之背，不知其几千里也；怒而飞，其翼若垂天之云。是鸟也。"

[3] 斯京：斯德哥尔摩的简称。

[4] 桃溪：语出北宋周邦彦《六丑·蔷薇谢后作》："正单衣试酒，怅客里、光阴虚掷。愿春暂留，春归如过翼。……乱点桃溪，轻翻柳陌。多情为谁追惜。"老家恰有桃溪大道，此情此景，感同身受，因代指故里。

184. 无 题

必不内知，云何知外？
必不自持，云何持外？
革囊众秽[1]，休咎所聚。
浮云出岫，来去无尘。
清净洗脱，心目守一。
持之戒之，得大欢喜。

注：
[1] 革囊众秽：喻身体。有位尊者欲讨好佛祖，收集一批美女献上，佛说，"革囊众秽，尔来何为？"意为这些美女不过是装满污秽的臭皮囊，你送来做什么呢？后引申为身体。

185. 一线天

鸿蒙初开一线天，
回音萦壁高低间。
飞云掠雾千般险，
攀崖跃涧只等闲。

186. 云　物

千江奔涌向东流，
一叶轻舟载春秋。
晓津寒露洇袍甲，
曦光微暖照白首。
此时风波哪可测，
缥缈云物故难求。
但从枕底摇远棹，
半笼烟雨放高鸥。

187. 九宫日出

层云叠嶂浴长河，
金光万道跃鳞波。
一轮红日正升起，
九宫绝顶揽群壑。

188. 使君子·远航

苍茫云海托金辰，依稀别梦，世事如轻尘，杨柳飘絮惊晓风，无奈遁入苍茫中。

银峦叠嶂数千层，江天雨深，一帆正飘蓬，羽衣霓裳送孤鸿，天涯无处不相逢！

注：2019年2月22日乘机往阿姆斯特丹，在机上见云蒸霞蔚，高天似海，蓝色天幕上有月似银盘高悬，天际飞机若游龙漂于海，极斑斓壮观，身在机中，却恍若坐大邮轮远航。人生于天地间，远以神纪物，近以律修身，仰观万象，俯察山河，乐何极哉！故写此词以纪之。"使君子"为一味中药，愚身世沉浮，常驱驰于四方，故借为词牌名。

189. 三　更

千里平芜[1]一月孤，
露气浮沉竹影疏。
风前叶落惊寒雁，
江畔潮起归何处？
三更钟韵撩诗兴，
半窗残梦引夜书。
莫道沧海多无情，
有情总被无情苦。

注：
[1] 芜：乱草丛生的地方。

190. 江南行

江南水曲见平沙，
天阔峰回一径斜。
老树红叶连芳草，
碧溪掩映落梅花。
青旗招客渔船过，
黛顶流光众友哗。
凤凰楼前春涨急，
龙芽泓[1]上浸新槎[2]。

注：
[1]泓：一片清水。
[2]槎：木筏。

191. 战鼓擂

泽气沉沙，山岚过野，铁瓮半倾宝鼎斜，堤封难见千里马，胡尘乱起天涯。

羌酋画阵，雨落边红，汉节纷纷势如虹，江山战鼓破晓声，丹心杀破苍穹。

192. 听蕉词

（一）

夏寒料峭，夜雨时听蕉，细细风吹上危楼，化不动，故国愁。

彩云烂漫，昼醒又观涛，霍霍鹰飞下神州，怎堪控，异时苦。

（二）

雨横风狂天将暮，长亭挥别声声骤，忽觉年光将人苦，点滴如珠，泛起千般愁。

山高水长忽轻度，一夜狂吟诗百首，晨起穹顶锁大雾，家国两处，雕栏争忍顾。

193. 满江红

红阵当年满东山，
若耶流水映浓妆。
云霞明灭闻晚笛，
临风欲语意苍茫。
诗魂几夜迎蜀柳，
云雁何时返潇湘。
潜山月色多遗恨，
一襟冷露宵正长。

194. 王宫偶拾

长波浩渺一银湖，
鸥鹜纷飞没丛芦。
远山浓云如泼墨，
新芽笑语向天苏。

195. 咸宁防疫

霏霏雷雨动江坳，

云阵千里阴雾绕。

汉客倚樯怅北望，

孤鸿衔素越南郊。

金波恍照天外客，

燃犀[1]难察水底妖。

愿祭青囊[2]驱瘴计，

百姓咸宁疫毒消。

注：

[1] 燃犀：意为能明察事物，洞察奸邪。语出南朝·宋·刘敬《异苑》卷七："晋温峤至牛渚矶，闻水底有音乐之声，水深不可测。传言下多怪物，乃燃犀角而照之。须臾，见水族覆火，奇形异状，或乘马车著赤衣帻。其夜，梦人谓曰：'与君幽明道阁，何意相照耶？'峤甚恶之，未几卒。"

[2] 青囊：古代医家存放医书的布袋，借指医术。

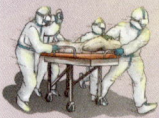

208

196. 七夕诗

七夕徒相思，夜阑看高堋，
悲风平地起，鹊桥半嗔痴。
静立汗沾衣，欲语意忽迟，
由来同一梦，参商尽在兹。

197. 秋声隆

　　时光易老天难老，一岁易去，千
里烟波江山渺，浮沉终难料；

　　庭前花开又花谢，玉堋清影，梧
叶飘飞秋声悄，荣枯付一笑。

198. 岁初与友人重逢

年光如箭去匆匆，
友人南来又一春。
昨夜轻风绿千树，
今朝笑语动双鬓。
花间燕子家万里，
窗前桃红意千重。
岁月悠长人未老，
一杯薄酒效放翁。

199. 幽径寻春

窈然松杉须相络，
飘絮如霜铺阡陌。
四顾绿意盈天地，
香风鸣銮催瑞蕚。
幽径徘徊天将暮，
树挂残蕊已落拓。
振衣车步追流云，
且将夏时当春过。

200. 冬夜词

按：丙申岁末，天大雪，仿太白"秋风词"，先后得三首。

（一）

冬夜长，冬思苦，雪花来复去，寒雨敲窗笃。卷帘静听声呢喃，俄尔杳然徒踟蹰。

冰阑剩寂寞，把酒无凭处。长嗟浮生如一梦，梦醒河汉仍迢迢。夜深阵阵扒心弦，天涯穷极人空瘦。

（二）

冬夜长，冬思苦，雪花来复去，风浮涛声骤。笃笃斋堂做文章，寂寂高楼期仙姝。

天涯人空瘦，何如执素手。牵愁挂惘恨不见，且饮且歌消离愁。疾笔婉转画绮梦，愿与君心长相守。

211

（三）

冬夜长，冬思苦，冻雨万千丝，绮疏惊白鹭。西窗夜烛到天明，却道东风将人误。

老眼看新绿，反嫌冬短促，愿得长夜无黎明，残香淡絮永相守。一风一物均牵念，天涯不见来时路。